KB151027

길에 관한 인문학 에세이

풍경 밖을 서성이다

풍경 밖을 서성이다

길에 관한 인문학 에세이

김병용 지음

모악

길을 찾는 사람들

'길'이라는 말의 의미

인류가 통과한 긴 시간의 흔적을 문헌이나 고고학적 유물을 통해서만 간취(看取)할 수 있는 것은 아니다. 내가 지금 사용하고 있는 언어가 내 아이들에게 이어지는 것을 볼 때, 나는 엄숙한 비의(秘義)가 우리 삶을 휘황하게 감싸고 있다는 생각을 하게 된다. 나는 내 부모로부터 말을 이어받았고 내 부모는 또 그 부모로부터 …… 우리로서는 쉽게 가늠하기 힘든 어떤 시원(始原)에서부터 우리의 말과 삶은 면면이 이어져 내려오고 있는 것이다.

'길'이 또한 그와 같다. 도대체 '이 세계에는 언제부터 '길'이 있었을까'라고 묻는 것은 '이 세계는 언제부터 존재했을까'라는 질문과 그 방향이 일치하고, 이 길은 어디까지 이어지는지 궁금해 하는 것은 우리 삶의 거대한 내력 전체를 묻는 것과 마찬가지이다. 하여, 발원(發源)으로부터 유역(流域)까지 '길'이란 단어 속에는 이루 헤아릴 수 없이 많은 의미들이 중첩하여 쌓여 있다.

내가 지금 걷고 있는 이 길은 내 조상들이 걸었던 길이면서 나 혼자서만 걷는 길이기도 하다. 고쳐 쓰고 또 고쳐 쓰는 국토, 세상의 '길'은 그 긴 시간의 온축(蘊蓄)이다. 이런 점에서 법고창신(法古創新), 형식적 반복과 내용적 혁신을 의미하는 이 말만큼 '길'을 잘 설명하는 어휘도 찾기 쉽지 않다.

지구가 내준 생명의 길

지구라는 행성의 자연적 조건(기후나 지형 등)과 여기서 생명을 틔운 동식물들의 동선(動線)이 우리 세계에 최초로 주어진 길이었을 것이다. 산길, 물길, 들길을 따라 짐승도 사람도 생명의 이동 경로를 열었을 것이다. 수렵과 채집의 소규모 군집 생활을 하던 선사(先史)의 인류가 거닐었던 이 길은, 지구 생태계의 거대 질서에 순응하며 살아온 생명체들이 걸어온 길이며 지구의 온갖 생명들이 그린 거대한 밑그림이다.

이러한 길들은 밤하늘의 별자리와 똑같은 역할과 의미를 지니고 있다. 깊이 어두울수록 더욱 찬연하게 빛나는 별들의 길, 불멸의 조건이 만든 불멸의 길은 육지와 바다에도 고스란히 남아 있다. 한반도의 지형적 조건은 백두대간과 쿠로시오(黑潮) 해류와 같은 길을 만들었고, 공룡들은 사라졌으나 한반도 곳곳에 그들의 발자국이 만든 이동 통로는 깊이 새겨져 있다. 인간들이 물길의 흐름을 바꾸고자 애쓰고 실제로 그런 일을 벌이고 있지만, 그렇다고 발원지마저 수정할 수는 없는 게 엄연한 자연의 이치. 세상의 산과 물을 볼 때마다 그 첫 길, 길의 첫걸음을 생각한다.

요즘 많은 사람들이 찾는 지리산 둘레길 혹은 섬진강의 발원지인 데미샘을 찾아 오르다 보면 이런 생각은 더욱 강해진다. 누가 이 길을 만들었는가, 인간이 만든 것인가? 인간이 이 길을 만들었다고 생각한다면 그야말로 오산이고 오만이다. 이 길은 자연이 만든 길이다. 인간들이 한 일이라곤 고작 그 길을 조금 걷기 편하게, 걷는 도중 조금 편히 쉴 수 있게 손댄 정도이다. 자연이 내준 첫길, 둘레길을 걸을 때 우리가 생각해야 하는 것은 오래된 시간과 공간에 대한 외경심이 아닐까 싶다.

인간이 몸을 던져 닦은 길

차마고도(茶馬古道), 실크로드(Silk Road), 페이퍼로드(Paper Road), 누들로드(Noodle Road)와 같은 거대한 문명의 통행로가 개척되던 역사(歷史) 시기에 돌입하게 되면, 자연적 조건과 맞서는 인류 불굴의 의지가 본격적으로 길 위에 드러나기 시작한다.

고원을 가로지르고 강과 바다를 건널 때마다 길의 개척자들은 자신의 생명을 담보로 내놓았다. 우마(牛馬)의 힘을 빌리거나 나무로 배를 만들고 돌다리를 놓기도 했지만, 이때 인류가 개척한 길들은 근본적으로 인간의 근력(筋力)을 최우선적으로 요구했다. 때문에, '길'이라는 말 속에는 인류의 피와 땀과 눈물이 스며들 수밖에 없었다. 인류의 활동 영역이 넓혀질 때마다 또 다른 '길'이 개척되었다. 따라서 지금 우리 앞에 놓인, 역사시대 이후 개척된 대부분의 길은 인류의 자기 확장과 모색의 살아있는 증거가 아닐 수 없다.

이런 연유로 나는 우리의 조상들을 진심으로 자랑스럽게 생각한다. 히말라야와 파미르고원, 타클라마칸사막을 종횡 무진한 혜초나 고선지, 동지나해에서 인도양 어귀까지 물길을 다잡았던 장보고처럼 가까운 선조들의 이름이 반갑고 그보다 더 먼 시간대 이곳 한반도까지 이동했을 이름 모를 조상들은 그립다. 아프로-유라

시아 대륙을 따라 인류가 이동하며 번성했다는 가설이 사실이라면, 우리 조상들이야말로 가장 먼 곳까지 '길'을 내며 이동해온 사람들이 아니던가!

끝에 닿을 때까지는 쉬지 않는다는 '지지(止至)'의 자세야말로 길을 걷는 자의 자세라는 것을 조상들의 삶을 통해 다시 한 번 깨닫는다.

집 대문을 열고 나온 한 사람이 세상을 향해 나아간다. 집과 바깥 세상, 그 사이를 연결하는 길고 긴 선.

그게, 길이다.

세상이 복잡해질수록 우리 앞에 놓인 길도 얼기설기 더욱 길게 더욱 어지러운 선을 그린다. 출발과 종착이 뒤섞인다. 길에는 길 위를 걷는 나그네가 있기도 하고, 그 나그네의 걸음을 가로막는 유혹이나 방해가 존재하기도 한다. 쉬지 않고 걷지 않으면 이 어지러운 미로 속에 갇히게 된다. 끊임없이 다음 행로를 생각해야 하고, 자신의 판단을 믿고 길을 밀고 나가야 한다.

그게, 삶이다.

인간의 머리로 먼저 가로지른 길

항해술의 발달과 지리상의 발견 혹은 르네상스나 종교전쟁과 같은 여러 복합적인 이유로 인간들의 발걸음은 조금 더 과감해지기 시작했다. 근대 이후 인간이 낸 길은 '더 멀리, 더 빨리'와 같은 구호로 요약될 수 있다. 시공간을 압축하여 가로지르는 노력을 가장 상징적으로 보여주는 것은 '지도'의 제작이라고 할 수 있다. 인간들은 책상 위에서 빈 종이를 펼쳐놓고 자와 컴퍼스를 들고 그림을 그리기 시작했다. 자연이 준 길과 인간이 걸어온 길을 종합하여 기억을 기록으로 옮기면서 체험을 추상화하는 작업이 지도를 만든 장인들, 이를테면 우리의 조상 고산자 김정호가 걸어온 길이다.

내가 사는 세계를 내 눈으로 한 눈에 파악하려는 인간의 욕망은 거기에 위도와 경도를 그려 넣기에 이르렀다. 위도는 적도를 중심으로 한 것이기에 기후를 중심으로 한 지형적 조건을 인간의 머리로 계측하기 위한 것이었지만, 경도는 순수 추상 혹은 복잡한 욕망을 그려낸 것이었다. 시간의 기준점으로서 본초자오선을 자신의 영토 위에 유치하려는 서구 열강들의 다툼은 수세기 동안 계속 되었다. 우리가 그리니치표준시간(GMT)을 사용하는 것은 지금 현재 우리가 누리는 근대문명의 출발점, 혹은 헤게모니가 서구에 있음을 전 세계가 공인해주는 것이라고 할 수 있다.

지도에 그려진 추상의 세계는 증기기관의 발명과 함께 시작된 산업혁명의 도래와 더불어 실제의 구체적 모습으로 지구상에 그려지게 되었다. 강둑과 강둑을 이어주던 다리는 첨단공법에 의해 육지와 섬, 섬과 섬을 연결하고 『해저 2만리』나 『80일간의 세계일주』에 드러난 작가의 상상력이란 것도 노와 닻과 같이 자연적인 힘을 사용하던 배가 열에너지를 사용하는 기관선으로 바뀐 뒤에 가능한 것이었다.

그중 가장 획기적인 것은 창공에 하늘길을 낸 것이라고 할 수 있다. 자연적인 조건을 따라 꾸불꾸불하게 진행되던 길의 역사에 인간들이 추상으로만 생각했던 직선의 항공로가 열린 것이다. 전설적인 건축가 가우디가 "곡선은 신의 것이고, 직선은 인간의 것"이라고 했던 연유가 여기 있다. 산을 뚫고 교량을 건설하며 일직선으로 철로는 뻗어간다. 이때 중요한 것은 자연적 조건이 아니라 인간의 의지나 욕망이다.

인간의 머리가 낳고 기르는 길

'길'을 시간을 가로지르는 공간적 이동 통로라고 한다면, 유·무선전화나 인터넷은 무엇에 해당할까? 나는 이 또한 '길'로 보아야 한다고 생각한다.

예로부터 우리는 누군가를 만나거나 무언가를 찾기 위해 길에 나섰다. 우리가 전화나 인터넷을 통해 누군가와 대화를 하고 정보를 검색하는 것 또한 똑같은 길 찾기, 구도(求道) 행위이다. 문제는 이와 같은 통신로들이 기존의 길들이 갖는 '역사적 장소성'을 아직 확보하지 않았다는 것인데, 예로부터 인류가 '축지법'의 열망에 시달려온 고달픈 행군자였다는 점을 상기하면 현재 한창 확장 중인 글로벌 네트워크는 인류의 오랜 꿈이 실현된 것이라고도 볼 수 있지 않겠는가!

더 자주 만나고 더 오래 만나기 위해 우리는 늘 길을 서둘렀다. 그 꿈의 역사가 현재 통신로에 고스란히 담겨 있는 것이다.

근대 이후 인류는 마음으로 먼저 지도를 그리고 그 지도를 현실화하기 위해 기꺼이 자신을 내던졌다. 한때 이동의 '길'은 주어진 것이지만, 이제는 선택하는 것이 되었다.

소통과 자기 변화의 욕구로 인간은 끊임없이 길을 물었다. 공자는 '태산에 오르니 천하가 다 작게 보인다(登泰山小天下)'는 말씀을 남겼다. 이동은, 새로운 길의 탐색은, 이처럼 본인의 세계관마저 뒤바꾸는 결과를 낳는다.

앞으로 인류의 길은 보다 너른 공간(이를테면 우주)으로 확장되거나, 더 복잡한 체계(통신망)로 분화될 것이다. 하드웨어로서의 길과 소프트웨어로서의 길의 확장과 보전은 인류의 등장 초기부터 지금까지 언제나 우리의 몫이었다. 길을 통해 어떤 변화를 스스로 획득할 것인가, 하는 것까지……

우리는 늘 길 위를 서성이는 직립인간이다, 어디로든 갈 수 있고, 길을 잘못 들어 돌아 나오기도 했던, 하지만 이동만은 멈추지 않고 있는!

1부

풍경의 발견, 길의 시작

여기에 수록된 다섯 편의 글은 주로 '내가 걸은 길과 그 길이 빚은 풍경이 내게
준 느낌'에 집중하며 쓴 것들이다.

첫 번째 글은 김용택 선생님과 함께 진안 운일암반일암을 함께 걷고 난 뒤 썼다.
원래 전북 14개 시군을 잇는 '천리길' 안내 책자의 필자들에게 먼저 제공된 일종
의 길잡이 원고로 쓰여졌으나 정작 이 글 혼자서는 내보낼 데가 없어서 묵혀두
고 있었다. 추운 겨울에 답사를 했고 이른 봄에 썼다.

두 번째 글은 현재 전주에서 살고 있는 내가 어떻게 전주와 인연을 맺게 되었는
지 되돌아보며 썼다. 이 글을 쓰고 나서야, 비로소 나는 전주 사람이라는 생각을
하게 됐다.

세 번째 글은 군산 경암동 철길 골목을 다녀온 뒤 썼다. 이 글을 쓰면서 내게 철
도와 기차에 대한 로망이 있다는 것을 다시 확인했다. 뜨거운 여름에 다녀왔다.

네 번째 글은 '고갯길'에 관한 생각을 적어본 것이다. 내가 아는 고갯길 대부분
이 무주, 진안, 장수에 집중되어 있다는 것에 나도 놀랐다. 그렇다면 앞으로 내가
넘어야 할 고개는 또 얼마나 많단 말인가.

다섯 번째 글은 원래 섬진강에 관해서 쓰라고 주문받은 것인데 쓰면서 내가 먼
저 떠올린 물줄기는 금강이었음을 이제야 밝힌다. 무진장 곳곳에 수분재, 수분
령이란 지명이 있는데 나는 금강 줄기에 속한 게 분명했다. 그래서 재 너머 섬진
강 수계를 이토록 그리워하는 것인지도 모르겠다.

1. 내 심장 왼쪽에 출렁이는 물결

진안고원으로 가는 길

고원에 대한 자연사적 정의는 '지구의 지층 활동에 의해 융기된 지형으로 해발이 상당히 높고 급경사면으로 주변과 경계를 이루는 곳에 너르게 펼쳐진 땅', 즉 고상분지(高床盆地)나 산악 평원이다. 사람들의 체험적 정의도 이와 같은 자연 조건으로부터 나온다. 하늘에 조금 더 가까워 햇빛도 바람도 강하고 눈비가 자주 내려 낮은 지대에 비하면 추운 곳, 사방을 빼곡하게 산악 연봉들이 둘러싸고 있어 요새나 감옥 같은 느낌을 주는 곳. 바람의 대평원, 신들의 놀이터, 태양의 정원과 같이 다소 신비롭고 낭만적인 별칭은 아마도 한참 뒤에 생겼으리라.

이와 같은 인식의 변화를 잘 보여주는 곳이 북한의 개마고원과 함께 한반도의 고원 지형을 대표하는 진안고원이다. 진안고원은 지금으로부터 약 9천만 년 전 백악기에 한반도의 현재 지형이 형성될 때 만들어진 곳으로 전북 동부 산악에 자리 잡은 진안군, 장수군, 무주군 일대를 통칭한다. 지역마다 좀 차이가 있지만 해발 300미터에서 500미터 사이에 사람들의 마을을 이루며 살고 있고

덕유산, 민주지산, 장안산, 팔공산, 덕태산, 운장산, 연석산 등이 테두리처럼 연이어 늘어서 있다.

산이 높으면 골짜기는 깊고 또 길다. 높은 산에서 흘러내린 산간수(山澗水)들은 진안고원의 수많은 골짜기를 통과하며 큰물이 지는데, 높은 데서 낮은 데로 흐르는 게 물의 법칙. 금강, 섬진강, 만경강이 모두 이곳 진안고원에서 발원하여 전라도와 충청도, 경상도까지 적신다. 그렇게 흐르는 물을 마시며 사람이 살고 나무가 크고 꽃이 피고 짐승들이 뛰어 놀았다. 2001년 완공된 금강수계의 용담댐을 보고난 뒤에야 사람들은 비로소 진안고원이 얼마나 거대한 한반도의 저수탱크였는지 실감할 수 있었다.

이와 같은 자연적 조건이 사람살이에 꼭 좋은 것만은 아니었다. 진안고원을 이루는 무주, 진안, 장수를 흔히 '무진장'이라고 부르는데 '무진장'이란 말은 그야말로 무진장 궁벽한 두메산골을 가리키는 대명사로 쓰였다.

산간이다 보니 논밭뙈기가 적고 외진 골짜기가 깊어 산짐승 날짐승이 많은데다 춥고 비바람이 많아 사람살이는 팍팍할 수밖에 없었다. 지금은 인삼이나 고랭지 작물 등도 유명하고 '매사냥'과 같은 독특한 생활문화도 각광을 받고 있지만 오랫동안 이 지역은 먹잘 것 없이 빈한한 산동네였다.

이곳은 그 지형적 조건으로 인해 자연스럽게 분계선 혹은 접경지대 역할을 해 삼국시대에는 이 지역의 지배권을 두고 전투가 빈발했다. 조일전쟁 당시에는 웅치, 이치전투의 현장이었으며, 최근 한국전쟁 당시에도 지리산-덕유산-소백산-태백산으로 이어지는 이른바 '빨치산 루트'의 한복판이기도 했다. 이러한 역사적 흔적은 진안고원 지역의 지정학적 가치가 오랫동안 전주와 익산, 호남평야의 동쪽 외곽 경계선이었다는 걸 입증하는 것이라고 하겠다.

진안고원으로 향하는 출발점은 전주가 가장 적당하다. 진안고원이 갖는 자연 지리적·역사 지리적 조건은 물론, 왜 여기를 '무주고원'이나 '장수고원'이라 부르지 않고 진안고원이라고 부르는지도 즉각 이해할 수 있기 때문이다.

전주시의 동쪽 외곽 안덕원을 벗어나기 시작하면 구름을 머리에 이고 있는 산봉우리들이 성큼 눈앞으로 다가선다. 고개를 높이 들고 열 지어 서 있는 모습이 장쾌한 게 한 눈에 보기에도 표고차가 확연하다. 전주는 해발이 60미터 정도밖에 되지 않는 낮은 지대, 이쪽 방향에서 바라볼 때 운장산-연석산-주줄산으로 이어지는 진안고원 서면 산벽들이 얼마나 가파른지 실감할 수 있다.

저 험한 산비탈을 타고 넘어가야 마침내 도달하는 산마루, 거기가 진안고원이다.

'운일암반일암'이라는 이름

진안군 일원을 도보 일주하는 '진안고원길'의 아홉 번째 구비가 '운일암반일암(雲日巖半日巖) 숲길'이다. 이름이 흥미롭다. 늘 구름 낀 하늘을 보거나 골짜기가 깊어 하루 반나절도 해를 보기가 힘든 깊은 산골짜기라는 뜻이다. 구름, 해, 바위, 그리고 숲이 합해져 있는 이 이름만으로는 여기가 계곡이란 것을 쉽게 알아채기 힘들다.

하지만 이곳은 운장산에 흘러내린 차가운 산간수(山澗水)가 대불리-주양리 사이 좁고 길게 형성된 5km 남짓 바위 너덜강을 통과하는 동안 세차게 흐르며 푸른 물살을 일으키는 계곡임에 틀림

없다. 진안고원 곳곳엔 사람들이 많이 찾는 유명한 계곡들이 많은데 '무주구천동(洞)', '방화동 계곡(溪谷)', '백운동 계곡' 등 하나같이 그곳이 계곡이라는 것을 분명히 알려주는 호명 표지를 지니고 있다. 이런 점에서 왜 이곳은 그 이름에서 자신이 계곡임을 밝히기 꺼리는가, 궁금증을 갖게 만든다.

'운일암반일암'은 현재 전국적으로 잘 알려진 여름 물놀이 명소이기도 하고, 쉽게 접근할 수 있는 큰 바위들이 널려 있어 장비의 도움을 받지 않고 맨손으로 바위 오르기를 하는 '볼더링(bouldering)' 동호인들이 철을 가리지 않고 찾는 '국민 휴양지'이다. 이곳을 찾는 사람들에게 운일암반일암의 이미지는 차가운 계곡물이나 기기묘묘한 형상의 암벽들일 것이다.

레저, 야영, 트래킹, 여행, 바캉스, 이런 단어가 우리 삶 속에 파고든 것은 언제부터였을까? 국민 소득의 증가, 자가용의 폭발적 보급, 도시 인구의 급증, 그리고 삶의 질에 대한 관심이 늘어나면서 시작된 전 국민적 여행 붐이 일어나기 시작한 것은 1980년대 이후이다.

장작불을 지피고 큰 솥을 거느라 땀범벅이 된 남정네들이 등목을 하거나 천렵(川獵)에 나서면 아낙들은 갖은 양념을 다지며 감자와 풋고추를 찬 물에 헹궈 간추리며 닭백숙이 익기를 기다렸고, 팬티 바람의 아이들은 폐타이어 튜브에 몸을 싣고 연신 물장구를 쳤다. 1970년대까지만 해도 이 계곡의 풍경이 그랬다.

그 뒤로는 큼지막한 카세트 라디오를 메고 나타난 낯선 젊은이들이 텐트를 치고 밤에도 라면을 끓여 먹던 시절이 도래했고, 계곡에 평상을 내놓고 자릿세를 받는 시절도 있었다. 그 사이 민박 '산장'들은 하나 둘 '펜션'이나 '모텔'로 이름을 바꿨다.

옛사람들이 계곡 피서를 '탁족(濯足)'이라고 했다던가. 아마도 그 시절 이 계곡엔 바위 하나에 사람 하나 꼴로 한적한 풍경이 연출되었을 것이다. 여기까지 원족(遠足)을 나오는 나그네도 그리 많지 않았을 터. 하지·백중에는 논일 밭일이 외려 더 많은 법. 어쩌면 이 계곡은 여름 내내 나이 지긋한 노인들의 차지였을 것이다. 젊음, 육체적 활동, 동호인 중심의 레저 활동이 각광을 받은 것은 최근 일이고 운일암반일암 역시 이런 시대 변화 속에 지금은 피서지로 이름이 나기 시작한 것.

'운일암반일암'이라는 이름에는 고색창연한 옛 시절의 기억 소자가 담겨 있다. 지금은 피부에 와 닿는 물살의 시원함에서 계곡의 가치를 발견하지만, 그 이전 계곡은 벽간청류(碧澗淸流)를 살펴보는 관조의 대상이었지 옷 벗어던지고 첨벙 뛰어드는 곳이 아니었다. 해와 구름, 산봉우리와 바위를 먼저 바라본 위 맨 마지막에 눈길이 머무는 곳, 그게 계곡이었다.

하염없이 흘러오고 또 흘러가는 물줄기에 눈길을 맡긴 채 잠시 마음의 시름을 물결에 띄우기도 하고, 정처 없이 흘러간 내 마음은 지금 어느 골짜기를 향해 굽이치는지 궁금해 하는 사이, 어느새 물결 위론 해거름 노을빛이 반짝인다. 회향(廻向)해야 하는 시간.

물줄기에 맡겨두었던 눈길을 들어 사방을 살펴보면 심장 왼쪽으로는 산 그림자 푸른 물살이 출렁이고, 오른쪽 어깨 위론 서둘러 둥지로 돌아오는 새떼들의 날개 소리. 물살 따라 흘러가는 산 그림자 안에 독바위가 앉아 있고, 독바위 위에는 내 그림자가 스민다. 풍경은 호젓한데 바람 끝이 매워진다. 이런 점에서 여기 운일암반일암이라는 이름에 잘 어울리는 단어들은 은일(隱逸), 적요(寂寥), 차폐(遮蔽), 독고(獨孤)와 같은 것들인지도 모르겠다.

자동차를 이용한 이동이 일반화된 지금은 운일암반일암이 운장산과 용담댐 사이에 존재하는 중간 협곡 정도로 보이지만, 걸어서 움직이면 운장산까지는 반나절, 용담댐까지는 한나절 길이다. 오리부동풍 십리부동속(伍里不同風 十里不同俗)이라고 하지 않았던가. 지금은 다 한 동네처럼 보이지만 예전엔 모두 제 각각 서로 다르게 홀로 서 있던 산이고 협곡이며 강물이었다. 서로가 서로에게 대등한 친구이지 어느 한 쪽이 누구 밑으로 들어가는 부속 관계가 아니었다.

풍경이 심심하면 사람도 심심하다

한 시절 탐닉했던 아놀드 토인비의 말 중에 지금도 기억에 남는 게 있다.

"인류의 미래는 여가를 어떻게 수용하느냐에 달려 있다."

지금도 이 말을 기억하는 이유는 단순하다. 그때는 잘 이해되지 않았기 때문이다. 풀지 못한 문제는 계속해서 반복 출제되게 마련. 땀, 분투, 눈물, 열정과 같은 단어에 매료되었던 젊은 시절에 쉽게 이해할 수 있는 말도 아니었다. 그렇게 오랫동안 이 말은 내게 풀리지 않는 수수께끼였다.

언제나 답은 가까운 데 있다던가. 문제를 늘 품고 있다 보면 결국 해답의 실마리를 얻게 되는 순간을 만나는 것. 이날 함께 운일암반일암 산책길에 나선 김용택 선생이 툭 이런 말씀을 던진다.

"나이가 들면 사람들이 아무래도 많이 안 움직이거든. 그러면 심심해 답답하다고 그러거든. 그럼 내가 '몸을 좀 움직여봐라, 그러면 달리 보이는 게 있을 거다' 그러거든. 근데, 그런 사람들은 또 금방 싫증을 내, 시시하다, 그만그만 다 해본 남직이다 그러면서 …… 한데, 시골 노인들을 봐봐. 아무도 심심하다고 안 그래. 시골 일이며 시골 풍경이 다 그만그만해 보여도 날마다 다르거든. 그러니 심심할 틈이 없는 거지. 날마다 새로운 거야. 날은 날마다 새로워지는데 사람이 새로워지지 않으니까, 오히려 세상 탓을 하는 거지. 뭐 하나 변하는 게 없다, 지루해 죽겠다. 그렇게 심심하다고 말하는 사람은 그 사람 자체가 심심한 사람이어서 그런 거야."

작게는 한 개인의 일생부터 크게는 문명의 성쇠까지, 시작하고 성취에 이를 때까지는 내부에 불화가 생길 틈이 없다. 전심전력, 일치단결, 용맹정진하기 때문이다. 문제가 생기는 것은 어느 정도 가시적 성과가 나타나기 시작할 때, 채 흡족한 미소가 사라지기도 전에 어느새 황혼이 곁에 다가서는 것을 느끼게 된다. 그때부터 자신과의 불화가 생긴다.

더 멀리 갈 수 있다는 의욕과 다리가 아프니 이제 좀 쉬자고 뒤로 주저앉는 몸 사이의 갈등, 중년은 이렇게 시작된다.

세상 어떤 일을 봐도 다 알만한, 이미 겪어본 일 같은 느낌이 들어 선뜻 새로운 일, 새로운 감정에 뛰어들기 주저한다. 이 나이에 뭐 새롭게 시작하나 하는 마음과, 대개는 앞으로 어떻게 될 것인지 짐작이 된다는 마음이 합해지고 보면 세상만사 다 그렇고 그런 거지 시큰둥해진다. 대개 다 안다고 생각하니 천둥벌거숭이로 덤벼드는 젊은이들은 모두 철딱서니가 없는 것으로 보인다. 그런 사이 마음속엔 완고한 고집이 자리 잡는다. 내가 전에 보고 느끼고 겪은 일을 판단의 기준으로 삼기 시작하는 순간, 세상사는 다 그만그만해진다. 심심해지는 것이다. 그 심심함이 못 견디게 싫지만 뭔가 새롭게 시작하는 것보다 차라리 심심한 게 낫다고 생각한다.

인류의 많은 문명이 가장 찬란한 정점에서 훅~ 먼지 꺼지듯 사라진 이유도 이와 비슷하다. 자신들이 거둔 성취에 대한 자족감이 매너리즘을 부르고, 매너리즘은 내용의 혁신보다 형식에 대한 집착으로 이어진다.

'여가'란 성취 이후, 업무 이외를 가리키는 단어일 것이다. 우리는 오랫동안 조직에 대한 소속감, 업무에 대한 성취감 등과 자신의 정체성을 일치시키는 사회적 분위기 속에서 살아왔다. '일하지 않는 자, 먹지도 말라'와 같은 시대 속에서 유휴 인력이나 노동하지 못하는 은퇴자는 사실상 잉여인간 취급을 받아왔다. 이처럼 출근하지 않는 휴일이나 은퇴 이후의 삶에 대해 숙고해보지 않은 상태에서 우리는 급작스레 여가 사회, 노령화 사회를 맞이하게 되었다. 일과 나, 조직과 나, 관계와 관계가 아닌 '나'와 '나'가 서로 직면하는 시간이 휴일이고 은퇴 이후의 시간인데, 대부분의 우리는 그 시간을 낯설고 불편해 한다.

이런 점에서, 나는 '시인 김용택'만큼 '어른아이 김용택' 선생을 깊이 존경한다. 평생 몸담았던 직장을 떠나면 대부분 어느 정도 상실감을 느끼거나 갑자기 한꺼번에 엄청나게 많이 주어지는 시간 때문에 곤혹스러워 하는 분들이 많은데 김용택 선생은 마치 그동안 이 시간이 오기만 기다렸다는 듯 오히려 더욱 신나게 은퇴 이후 삶을 누리고 계시기 때문이다. 매일 매일 새롭게 만나는 풍경과 사람과 일에 대해 매번 새롭게 다가서고 새롭게 받아들인다. 심심할 틈 없이 책을 읽고 사람을 만나고 강변을 거닐며 오리떼에게 쉼 없이 장난을 건다.

사소하게 일신(日新)하는 것이 곧 거대한 혁신(革新)이다. '여가'는 재충전이면서도 동시에 자기혁신의 시간이다. 젊음에는 젊음의 미덕이 있고 노년엔 노년의 아름다움이 있듯이, 쉼 없이 일하는 시간만큼 쉬는 시간도 중요하다.

우리 시대는 이제 막 '여가'를 '수용'하는 단계에 들어섰다. 그렇다면 이제 중요한 건 '어떻게'일 것이다.

걷는 일의 즐거움

자동차의 폭발적 보급 이후 한동안 가족이나 친구가 한 차에 타고 수학여행 다니듯 전국의 명승지 이곳저곳을 답사 다니던 시절이 있었다. 일행이 함께 해야 하니 아무래도 함께 할 수 있는 체험여행 먹거리 여행 위주가 되고 '블로그'의 추천을 받아 이곳저곳 바쁘게 찾아다니다 보니 정작 풍경은 주마간산.

여행의 양태에 변화가 생기기 시작한 것은 새로운 밀레니엄이 시작된 이후라고 할 수 있다. 천천히 걷기, 힐링 등의 유행어와 함께 둘레길, 올레길 등이 조성되기 시작한 뒤 전국의 지자체들은 자신의 지역 내에 존재하는 옛길들이 얼마나 오래된 가치를 지니고 있는지 깨닫게 되었다. 우리 산하 곳곳에 위치한 산길, 들길, 물길은 오랜 기간 자연과 인간이 나눈 대화의 결과물이라는 걸 늦게나마 알게 된 것.

빨리 이동하기 위해 터널을 뚫고 거창한 다리를 세우는 일을 피

할 수 없는 시대를 살고 있지만 고속화된 도로 위의 인간이란 '이 동하는 주체'가 아니고 '이동 당하는 객체'라는 것을 사람들은 알 게 되었다. 자동차에 의해 길로부터 소외당한 인간들의 '길 회복' 선언, 혹은 '인간 회복 선언'이 '걷기 여행' 붐의 기저에 존재한다.

인간의 역사란 걷기의 역사라고 할 수 있다. 이곳이 아닌 저곳에 는 무엇이 있을까, 호기심을 견딜 수 없었던 이들이 제 두 발에 자 신의 운명을 걸고 길에 나섰다. 인류의 변화, 문명의 탄생은 인간 의 두 발에 의해 시작된 것이다. '직립 보행'하는 인간, 호모 비아토 르(Homo Viator). 인간의 두 발이 길을 만들었고, 길은 또 다른 길 을 부르며 손을 뻗는다.

걷기란 최초의 인간적 행위. 걸으면서 사람들은 자신을 둘러싼 자연적 조건을 보다 더 이해할 수 있었고, 길 위의 그림자와 대화 를 나누는 법을 터득하기 시작했다.

걷는다는 것은 본다는 것, 느낀다는 것, 그리고 생각한다는 것. 걸으면서 만나게 되는 모든 풍경은 늘 새로울 수밖에 없다. 새로운 느낌, 새로운 생각을 하는 나와 만나기 때문이다.

현실과 추상이 만나는 자리

'운일암반일암'이란 이름도 그렇지만, 이 지역에서 만나는 지명 들은 하나같이 심상치 않다. 길이 시작되는 곳은 대불리(大佛里), 그 옆은 무릉리(武陵里), 물길은 주양리(朱陽里)를 거쳐 가고, 물길 이름은 주자천(朱子川)이다. '주자'는 송나라의 성리학자인 주희를 높인 이름. 이 깊은 산골에 중국의 대학자를 기리는 이름이 붙어 있는 것이다.

그뿐인가. 운장(雲長)산과 구봉(九峯)산은 조선 중기의 문제적 인물 송익필(宋翼弼)의 호를 딴 것이라 하고, 운장산에서 운일암반일암 사이에 있는 산봉우리들의 이름은 명도(明道)봉 명덕(明德)봉이다. 길 중간에 있는 정자 이름은 아예 도덕정(道德亭).

그런가 하면 근처에는 내처사(內處士)동, 외처사동, 칠은(七隱)동, 복두(幞頭)봉 같이 서로 그 의미망이 충돌할 법한 지명들의 혼재해 있다. 대불이나 무릉과 같이 불교, 도교적인 지명도 있지만 이 지역 지명은 유교적 가치를 담은 것이 대다수이다.

용담호 주변을 둘러싸고 있는 주천면, 정천면, 안천면도 각각 유학의 큰 스승 주자, 정자(程子), 안자(顏子)를 기리는 지명이다. 이세 고을엔 각각 금강의 발원 지류에 해당하는 주자천, 정자천, 안자천이 흐르고 있다. 조선조 이전부터 이런 지명을 사용한 것은 아니고, 1914년 일제 강점기에 행정구역이 재편되는 과정에서 이런 이름을 얻었다고 한다.

온통 추상으로 뒤덮인 지명. 운일암반일암 숲길을 걷는다는 것은 이런 추상의 세계 속으로 걸어 들어가는 일. 조도석경(鳥道石經)이 굼실대는 실제 풍경과 인간의 근본적 삶의 태도에 대해 생각하게 만드는 추상적 지명 사이엔 묘한 긴장이 흐를 수밖에 없다.

이와 같은 지명이 만들어지게 된 배경을 이해하기 위해선 '주잠(朱潛)'이란 인물을 먼저 알아야 한다. 주자의 증손인 주잠은 송나라 신안현 사람으로 한림원태학사를 지낸 거유(巨儒)였으나, 송이 원에 멸망하게 되자 가솔과 일곱 제자[七學士]를 거느리고 고려에 망명, 이 땅의 신안 주씨와 거기서 분파된 전주 주씨의 시조가 되는 인물이다. 지금의 나주 화순 등지에 거주하다가 말년에 현재 주천

면에 들어와 '신안촌'을 이루며 은거했다고 알려진 인물이다. 그로 인해 이곳은 주자를 기리는 동네가 되었고 옆동네까지 정자와 안자를 흠모케 만들었다.

고려를 뒤이은 조선은 성리학을 사실상 국교처럼 여겼다. 명나라가 청나라에 의해 교체되자 더 이상 중국에서 유교의 정통이 사라졌으니 여기가 바로 소중화(小中華)라는 주장까지 나온 게 조선 땅이었다. 그런 시절, 성리학의 종조(宗祖)인 주희의 자손이 이미 고려 때부터 여기 와 살고 있었다는 사실을 당시 사람들은 예언적 징조가 마침내 실현된 것처럼 생각했다. 피난과 은거를 택한 주잠의 원래 생애와는 다르게 그는 조선 성리학의 정통성을 입증하는 상징으로 추앙된 셈이다.

이번 코스의 사실상 종착지라 할 수 있는 '주천서원'은 주잠을 우두머리로 배향하고 있는 서원이다. 이곳 출신도 아니고 여기 오래 거주한 것도 아닌 것을 생각한다면 이 지역민들의 주잠에 대한 숭모는 비현실적인 것으로 생각될 정도이지만, 내력 없이 이와 같은 일이 벌어지진 않았을 터.

그런 면에서 이 길은 이 지역의 오랜 정신사 속으로 걸어 들어가야 하는 길이다. 길은 호젓하되 여기에는 호젓한 흔적이 켜켜이 쌓인 곳. 이 길을 걸었던 옛사람들을 만나기 위해서도 걷는다.

이 코스의 출발점은 대불리 삼거리이다. 교통이 발달된 지금은 대불리에서 완주군 동상 쪽으로 길이 뚫려 있고, 부귀면 쪽에서 들어오는 길로도 이어지지만 이런 길이 생긴 건 얼마 되지 않았다. 이런 길이 생기기 전까지는 전주에서 진안으로, 진안에서 주천면 소재지까지 와서, 거기서 다시 대불리로 들어오는 수밖에 없었다.

길은 거기서 끝이었다.

통과할 수 없는 곳, 들어오면 온 길을 되짚어 돌아나가야 하는, 꽉 막힌 길 끝 동네. '무진장' 사람들도 혀를 내두르던 오지가 대불리였다. 그러니, 운일암반일암이란 그야말로 세상 가장 외지고 깊은 곳에 숨어 있는 협곡일 수밖에 없었다.

대불리라는 동네 명칭은 운일암반일암 중상간에 자리잡고 있는 큰 바위 하나로부터 비롯되었다. 가부좌를 틀고 앉은 큰 부처님의 모습과 흡사하다 하여 '대불 바위'라 불린다. 인간의 마음속에 존재하는 부처님의 모습이 저 바위에 형상을 드러냈다고 믿는 마음. 종교의 시원은 이와 같이 만물에 정령이 깃든다고 믿는 데서 시작되는 것일 터. 저 큰 바위를 큰 부처라고 믿는 순간, 사람들의 마음엔 부처가 깃드는 것.

도보여행자를 위해 진안군에서는 험한 산비탈 곳곳에 안전시설을 갖춰두었고, 장애우나 노약자들도 이곳 경승을 충분히 즐길 수 있도록 편의 시설을 준비해두었다. 코스의 전체 길이는 약 9킬로미터 남짓. 그중 운일암반일암 협곡 길은 꼭 반절쯤 된다. 중간 지점인 주양교까지 전망대와 무지개다리 등에서 내려다보는 운일암반일암의 절경은 왜 이 코스가 진안고원길의 백미라고 불리는지 금세 납득하게 해준다. 명덕봉으로 오르는 등산로와 만나기도 하고 주잠을 따라 온 일곱 명의 송나라 학사들이 은거했다는 전설이 남은 칠은동 가는 길과도 교차하며 가는 길이다.

주양교를 지나면서부터 유속이 느려지면서 산간 계곡은 이제 마을 하천으로 자신의 역할을 바꾸기 시작한다. 한때 닥나무 산지였음을 알려주는 닥밭골을 돌아 나와 먹고개를 넘어 와룡암, 주천서원으로 가는 길은 주천면 사람들의 살림살이가 눈앞에 환하게 펼쳐진다. 고원은 산지이면서 동시에 평지라는 것을 새삼 깨닫게 된다.

십리 남짓 계곡 길과 그 뒤로 또 십리 남짓 이어지는 숲길과 마을길이 최종적으로 인도하는 곳은 와룡암과 주천서원이다. 병자호란 이후 낙향한 긍구당(肯構堂) 김중정(金重鼎)이 효종 5년(1654년)에 세운 것으로 알려진 와룡암(臥龍菴)은 이후 250년 가까이 이 지역의 중추적인 교육 시설로 자리 잡게 된다. 와룡암이란 이름은 앞 개울에 누워 있는 용 형상의 바위가 있다고 생긴 이름이다. 지금과 같이 근대 교육 제도가 자리 잡기 전까지, 와룡암과 같은 학당이 한 일에 대해서는 보다 체계적인 연구가 필요하다. 각 지역마다 은거한 노학자들에 의해 운영된 학당들은 그 지역의 정신적 구심체였고 미래를 준비하는 기관이었다.

와룡암 맞은편엔 '주천서원'이 있다. 이름은 서원이지만 실제로는 사당이다. 주자, 주잠, 이황, 이이와 함께 김중정까지 모두 7위(位)가 배향되어 있는데 실제로는 개울 건너편에 있는 와룡암과 긍구당 김중정을 기리기 위한 건물로 보는 것이 좋다. 실제 서원의 역할은 와룡암이 수행했기 때문이다. 1924년에 세워졌을 때는 '주천사(祠)'였다가 이후 '주천서원'으로 이름을 바꿨다고 한다.

너를 뭐라고 부르랴

어디고 오래된 마을의 역사는 깊게 마련이고, 그 마을 특유의 빛깔이 있게 마련이다. 대불리에서 주양리까지, 운일암반일암을 따라 걸어오며 살펴본 이 마을의 내력에선 한적하고 오래된 은거지의 향취가 역력하다. 이곳은 오랫동안 은일자적 하는 이들을 품는 곳이거나 고절하여 상처받은 이들이 찾는 곳이었다.

누가 시대로부터 상처를 받는가? 세상에 대해 긍정적이고 낙천적인 사람들이 상처를 받는다. 이 지역에 유독 성리학자들의 흔적이 많은 남은 이유가 거기 있다. 성리학은 근본적으로 성선설에 바탕을 둔 학문이다. 기(氣)가 혼탁해지면 리(理)도 흐려진다고 생각했고, 노력하면 무엇이든 개선될 수 있다고 믿었다. 조선은 철학자들이 자신들의 이상을 현실화하기 위해 극단적일 만큼 스스로를 밀어붙였던 나라였다. 지독하다 못해 우매하게 보일 정도로 순진한 사람들의 순진한 철학이 성리학인지도 모른다. 누가 더 순결하고 이상적인가를 두고 싸웠다.

이념의 순결성을 다툰다는 점에서 성리학은 불멸의 젊음을 추구하는 철학이라고 할 수 있다. 일체의 잡티도 용납할 수 없는 학문적 결벽. 이런 면에서 성리학자들은 나이가 들어도 도무지 늙지 않는 이념의 청년 투사들이라고 할 수 있다.

도처에 상처 입은 사람 투성이다. 선한 의도를 가지고 있으면 모든 게 바르게 변화할 거라고 믿는 사람들일수록 상처받을 일이 많기는 예나 지금이나 마찬가지. '교언영색 선의인(巧言令色 鮮矣仁)'이라는 말은 외려 교언영색이 판치는 세상에 대한 역설인지도 모른다.

상처를 받아도 자신의 신념을 버리거나, 자신의 신념에 회의를 품고 싶지 않은 이들이 이 골짜기를 찾아 들었다. 자신의 이름을 지킬 수 있는 건 자신밖에 없었다. 이름을 더럽히느니 차라리 바람찬 산골에 들어가겠다. 남이 알아주지 않으니, 내 두 팔로 내 몸뚱이를 부둥켜안고 내 이름의 소중함을 지키는 곳. 대불리 일원은 그런 곳이었다.

믿음이 때로 무덤이 되기도 하는 곳. 그들이 추구했던 도리는 무엇이었을까? 일리(一理)가 만리(萬里)가 된다는 이야기, 그게 길의 이치와 비슷한 것이라고 생각한다. 도리의 중심은 늘 존재하되 부재하는 순수한 진공(眞空)과도 같다. 어떤 논의든 다 빨아들일 수 있고 때로는 모든 것을 무화시키기도 하지만 분명한 것은 그곳에 순수한 추상이 존재하고 그 존재에 대한 믿음이 존재한다는 것.

길이 그렇다. 가도 가도 길은 끝이 없고 늘 다른 길로 이어져 또 새로운 길을 만들며 질척거리고 비탈이거나 좁고 넓고 구불구불한 현실 그 자체이지만 '길'이란 단어는 현실 그 이상 순수 의미 상징이기도 하다. 사람이 살아가야 하는 길, 사람이 해야 할 일과 같이 다양한 의미를 품고 있지만 그 무엇도 최종적 중심은 아니며 늘 요동친다.

내가 가야 할 길, 인간의 길, 도리.

'길'은 이처럼 실존하는 현실이면서 동시에 부재하며 존재하는 의미다.

'길'은 지역과 지역을 잇기도 하고 시간과 시간을 이어주기도 하며 사람과 사람, 이념과 이념이 만나는 곳이기도 하다. 이런 맥락으로 살피면, 이 지역이 근현대 격동기에 가장 뜨겁고 아프게 그 시절을 통과한 '길'로 등장한 것도 우연이 아니란 생각이 든다. 지난 100년간 이 길은 한반도에서 일어난 각종 변혁 운동이나 저항 운동이 가장 힘차게 뻗어나간 길이었으며 부딪친 길이기도 했다.

동학농민군이 최후의 항전을 벌이던 곳이 운장산에서 대둔산으로 이어지는 이 지역 산간 협곡이었다. 그 무렵 대불리에는 김광화

(金光華)라는 이가 사실상 교주 역할을 한 '남학(南學)'의 기세가 크게 타올랐다. 최제우, 김일부 등과 동학지간으로 알려진 김광화에 의해 주도된 남학은, 구한말과 일제 강점기를 거치는 동안 어엿한 민족종교의 한 뿌리로 자리 잡았다. 그런가 하면 현재 '청학동'이라고 해야 더 쉽게 이해되는 '유불선합일갱정유도'가 역시 회문산에서 이곳으로 거점을 옮겼다가 후일 지리산으로 다시 터전을 옮겼다. 한국전쟁 당시 이곳은 당시 남한 내에서 가장 강한 전력을 보유한 것으로 알려진 남로당 전북도당 방준표 유격부대 거점으로도 유명하다. 1970년대 중반까지도 운장산이나 운일암반일암 계곡에서는 비만 내리면 여기저기서 녹슨 탄피들이 쏟아져 나오곤 했다.

오랫동안 은거의 땅이었던 주천면은 그 입지로 인해 오히려 가장 격렬한 부딪침이 일어난 현장이 되었던 것이다. 불교를 중심에 둔 혁신 운동으로 알려진 '남학'이나 '갱정유도'는 당대의 변화하는 가치관에 대한 근본적인 질문을 던지고 답을 찾기 위한 실천적 행동들을 선보였고, 동학군과 빨치산들은 자신들의 신념에 따라 이곳에 자신들의 목숨을 던졌다. 청사(靑史)의 한 페이지에 자신의 존재 증명을 하려면 이와 같이 붉은 피를 뿌려야만 했던 시절이 있었다.

"병용아! 나는 이런 데를 다니면 산 하나, 언덕 하나 아니면 노송 한 그루씩 문학하는 사람들이 책임지고 돌봤으면 좋겠어. 봄이면 봄에 와서 어떤 나무가 아픈지도 둘러보고, 여름에는 그 그늘에서 책도 읽고 가을이면 겨울나기 준비하는 모습도 살피고, 겨울이면 눈에 덮인 저 속에서 꿈틀거리는 생명에 대해 생각도 하고…… 문학인들이 산이며 물을 살피는 것 같지만 사실은 산이며 나무가 우리를 살피는 거지."

운일암반일암을 빠져나올 때, 김용택 선생이 이런 말씀을 하신다. 그 말씀을 들으며 나는 속으로 이곳 운일암반일암 큰 바위 위에 서 있는 한 그루 소나무를 맡고 싶다는 생각을 했다.

머리를 들어 운장산을 바라보다 아침이면 계곡물에 얼굴을 비춰 보고, 늘 몸뚱이의 반만 비추는 햇살을 아쉬워하는 소나무. 흙한 점, 물 한 점이 아쉬운 차가운 바위 표면을 생애의 온힘을 다해 움켜쥐고 있는 소나무의 뿌리.

그렇다면, 저 나무를 무슨 이름으로 불러야 할까? 고민이 됐다.

그동안 이곳을 찾은 옛사람들이 그렇게 저 많은 바위 하나하나에 이름을 붙였으리라. 이름을 부른다는 것은 대화하고 싶다는 것. 여길 찾는 이들은 홀로 긴 그림자를 드리우며 들어섰지만, 입을 다물고 살려고 했던 것은 아니다. 산수와 대화하고 바위를 사랑하고 해와 달과 함께 거닐었던 옛사람들이 여기 남겨둔 저 이름들이란 어쩌면 선인들이 우리와 대화하기 위해 준비해둔 것인지도 모르겠다.

정명(正名). 그 이름을 바르게 부르는 것.

이름에는 규정하는 힘이 있다. 그래서 이름 부르는 일은 조심스럽다. 상대방을 뭐라 부를 것인가, 내 눈앞의 저 풍경을 무어라 칭할 것인가, 내가 사는 이 시대를 무어라 부를 것인가, 나는 나를 무어라 부를 것인가! 협곡 속으로, 이름 속으로 걷는 여행. 이름을 찾아가는, 이름에 대해 고민하는 여행. 운일암반일암 숲길!

이 길 다음으로 이어지는 진안고원길 열 번째 구비는 용담호로 나가는 길. 거기 가면 물풀 사이에 숨어 있는 쥐오리떼를 불러내야겠다.

나는 너를 또 무슨 이름으로 부를 것인가…… 그 고민은 다음이다.

2. 그곳은 내게 인생학교였다

전주, 갔다가 되돌아 나오던 대처

1980년까지 나는 '전주 사람'이 아니었다. 당시 나는 모래재 너머, 버스로 한 시간 좀 넘게 걸리던 진안에서 중학교를 다니던 까까머리 중학생이었다. 그 당시 전주란 큰 맘 먹어야 나들이할 엄두가 나던 '대처(大處)' 그 자체였다.

내가 살고 있는 '이곳'은 '깡촌'이지만, '저곳' 전주는 근사하기 짝이 없는 '도시'라는 구분. 사춘기 시절, 내 자의식의 형성이나 타자의식의 발현에 '전주시'라는 도회지는 꽤 큰 영향을 미쳤다. 당시 내게 전주는 제사 때면 꼭 찾아야하는 큰집과 같은 느낌을 줬다.

내 아버지는 형제 중 막내였는데 백부는 6대 종손이었다. 큰집에는 한 달에 한 번꼴로 제삿날이 돌아왔다. 사나흘 전부터 어머니는 큰집에 가서 제수 준비하는 일에 바빴고, 어린아이들은 이름과 촌수와 얼굴이 각각인 먼 친척들 호칭 때문에 머리가 지끈거렸다. 하지만 정작 제삿날은 흥겨웠다. 먼 곳에서 오는 친척들의 손마다 크고 작은 보따리가 들려 있었고, 그 안에서는 막 끊어온 돼지고기나 달걀 꾸러미 같은 것이 나왔다. 더 흥미로웠던 것은 제사를 앞

두고 어른들이 둘러앉아 풀어놓는 이야기 보따리였다. 지금 돌이켜 보면 주로 시국에 관한 이야기여서 제대로 알아들을 수도 없는데 왜 그런 이야기에 그렇게 귀를 쫑긋했는지 모르겠다. 유진산, 이철승, 김대중과 같은 이름을 자주 들었다. 친척 중 가장 먼 곳, 대처에서 온 이들은 전주에서 온 종조부와 재당숙들이었다. 어른들 대화의 중심은 항상 전주 어른들이었다. 그 어른들은 시골에 사는 큰아버지나 아버지와는 입성도 달랐고 말투도 달랐고 무엇보다 아는 게 많은 것처럼 보였다. 꼬깃꼬깃한 옆동네 당숙들과는 달리 주머니에서 꺼낸 흰 봉투를 제사상에 올려놓는 모습까지 근사해 보였다.

훗날에야 매달 제사를 치러야 하는 고충을 이해했지만, 어릴 적에는 마냥 큰집이 부럽기만 했다. 모두들 무언가를 바리바리 싸들고 와 두고 가는 집. 왜 아버지는 막내로 태어나 늘 큰집에 바리바리 싸들고 가고 어른들 사이에서는 심부름꾼인지 속이 상했던 것 같다.

당시 전주에 대한 내 느낌은 대략 이랬다. 대처 나들이를 위해 며칠 전부터 준비해야 하는 곳, 무언가를 들고 가서 주고 오는 곳, 짐을 부린 빈손에 무언가를 사 들고 돌아오는 곳, 사람 많은 곳, 듣고 볼 것이 많은 곳, 그렇지만 곧 돌아서 나와야 하는 곳, 갔다 오면 할 이야기가 많아지는 곳.

종손을 형님으로 둔 탓으로 아버지는 전주 나들이할 때마다 집안 심부름이 많았다. 다가동에 살고 있던 종조부집과 풍남동 큰 재당숙, 물왕멀에 살고 있던 재재당숙은 물론 모래내 시장통 안에 있던 진외가댁까지 모두 둘러봐야 했다. 참기름이나 말린 고추, 어떤 때는 갓 뽑아온 무와 같은 들짐이 많았던 탓이리라. 초등학교 고학

년 무렵부터 나는 자연스럽게 짐꾼 보조로 아버지의 전주행에 동행했다.

이런 연유로 내가 처음 익히게 된 전주의 길은 모래내 간이정류장에서부터 전주의 친척집들까지 가는 길이었다. 대부분 길을 그무거운 짐을 지고 터벅터벅 걸어갔다. 한 집 한 집 찾아갈 때마다도보 거리는 곱절로 늘어나고 있었지만, 한 집 한 집 나설 때마다봇짐도 줄어드는 걸 위안 삼으면 걸을 만 했다.

가장 멀리 있었지만 제일 신나게 걸었던 길은 다가동 종조부댁에 가는 길이었다. 구(舊) 형무소 자리, 구 전주역, 풍남초등학교앞, 동부시장, 동문사거리 정도까지 부지런하게 걸으면 홍지서림앞이었고 미원탑과 팔달로, 구 시청 자리, 구 전주우체국이 이어졌다. 이때부터는 여기저기 어깨를 부딪치며 걸어가야 하는 사람으로 미어터지는 큰 길이었다. 진안에서는 한 번도 볼 수 없는 사람들의 물결 앞에서 나는 늘 긴장하면서도 신이 났다. 미원탑은 볼때마다 압도당하는 느낌이 들만큼 으리으리했고, 자동차만이 다닐수 있게 광폭으로 설계된 팔달로는 차도나 인도나 구분이 없던 우리 동네 길과 너무 달랐다. 모두 시골에서는 볼 수 없었던 풍경들이었다.

특히 나를 사로잡은 것은 금은방 거리를 지나면 만나게 되는 표구점 거리였다. 당시 내 눈으로는 거의 해독이 어려웠던 초서체 문장들이 굼실굼실 꿈틀거리던 족자들이 한가득 내걸린 거리. 표구점 안에는 보다 정교하게 틀이 잡힌 한국화 액자나 여덟 폭이나 열두 폭 병풍들이 질서정연하게 걸려 있고 쌓여 있고 누워 있었다. '문자향서권기(文字香書卷氣)'라는 말은 좀 더 정밀(靜謐)하고 혼자만의 집중이 이루어지는 상황에서 써야 할 말이지만, 다가동파출소 앞까지 길게 이어진 표구점, 소란한 길거리에서 '뭣도 모르는' 상태로 묵향을 들이키고 말았던 모양이다.

문자의 매혹.

한 글자 한 글자 혼자서는 빛나고 함께 모이면 더욱 장엄해지는 문자 더미 앞에 압도당하기 일쑤였다. 바쁘게 전주 한 바퀴를 돌아야 하는 아버지의 빠듯한 일정에 끌려 다니는 처지만 아니었다면 나는 그 자리에 하루 종일이라도 서 있을 것 같았다. 잰 걸음으로 아버지 등을 쫓아 종종거릴 때마다 내가 전주 사람이 아니란 것이 그렇게 아쉬웠다. 고등학교는 꼭 전주로 나와야겠다는 결심이 이즈음 이루어졌다.

한 달에 한 번 꼴 감질 나는 나들이였지만 이것도 어지간히 이력이 되었던 모양. 어느 순간부터 나는 전주의 큰길은 거진 다 알게 되었다. 이때까지도 나의 전주 나들이란 큰길을 따라 가다가 어느 골목길에 있는 친척집을 찾아가고 다시 큰길로 나와 되돌아가는 정도였지만, 그만큼이라도 어딘가? 나는 전주라는 낯선 도시의 어린 이방인이지 않던가!

요즘 때때로 이 시절의 내가 그리울 때가 있다. 보는 것마다 모두 눈에 담고 듣는 것은 모두 귀에 새기려고 했다. 발길 닿는 곳마다 모두 짜릿하고 어색하고 신기한 풍경이 펼쳐지던 시절.

전주에 모여든 촌놈들의 거리

1981년, 드디어 전주에 '입성'했다. 전주시내에서 가장 학생 수가 많은 고등학교에 배정이 되었는데 동향이라곤 1년 위 선배들만

달랑 둘, 700명이 넘는 동급생 중 입학 전에 알던 애는 단 한 명도 없는 혈혈단신이었지만 고립감을 느끼거나 주눅이 들지는 않았던 것 같다. 내가 매우 잘 아는 곳으로 '전학'온 것이라고 여겼던 듯하다.

하지만…… 고등학생이 되어 만난 전주는 전혀 낯선 도시였다!

관통로라는 노골적인 명칭의 도로가 도심 한가운데에서 팔달로와 십자가처럼 교차하면서 객사, 고려여관, 다가교, 신흥학교, 다가공원을 모두 일직선으로 꿰뚫고 있었다. 가장 잘 안다고 생각했던 옛길 옆구리에 훨씬 더 큰 관통도로가 생기면서 내 지리 감각에는 커다란 혼선이 생겼다. 불과 한 해 사이에 전주는 이렇게 변해 있었다.

한동안 관통로의 동쪽과 서쪽 사이가 예전에는 어떻게 이어졌고 지금은 어떻게 변한 것인지 이해하느라 진땀을 흘렸다. 중학교 때 혼자서도 안경을 맞추러 갔던 '서독안경센터'를 못 찾아 관통로를 이쪽으로 건넜다 저쪽으로 건넜다 하다 보면 왈칵 짜증이 나기도 했다. 내게 전주의 또 다른 랜드마크였던 전주역 또한 6지구라는 곳으로 이사를 갔다고 하고, 그 자리에는 새 전주시청을 짓는다고 날마다 덤프트럭 먼지 폭풍이 일었다. 전라선 옛 철길이 지나던 자리는 얼마 뒤 기린로라는 이름으로 새 단장을 하게 되지만 그때만 해도 철로만 걷어낸 맨땅 그대로였다. 학교 야구부나 농구부 시합이 있던 날이면 자갈 수렁이었던 그 길을 따라 '덕진원두'로 단체응원을 다녀야 했다. 참 걷기 고약한 길이었다.

웬만큼 안다고 생각했던 도시의 낯선 얼굴과 대면하는 순간, 나는 이 도시에 대해 아는 게 없다는 인정할 수밖에 없었고 이 도시에는 내가 모르는 것을 맘 편히 물어볼 사람이 없다는 사실에 뼈가 시렸다.

이 무렵부터 하나 둘 친구가 생기기 시작했다. 한데, 1학년 때 새로 사귄 친구들이란 게 하나같이 나처럼 전주로 유학 온 시골뜨기들이었다. 순창, 정읍, 김제, 남원, 군산, 부안, 장수. 끼리끼리 모인다더니 말 그대로였다.

모두 자취나 하숙을 한다는 공통점이 우리를 친하게 만들었던 첫 번째 요인이었다. 자기 집에서 다니는 '전주내기'들과는 달리 우리는 하교 후 귀가에 대한 통제가 엄격하지 않았던 것. 우리는 금세 삼삼오오 떼를 지어 전주 이곳저곳을 들쑤시고 다녔다. 오늘은 내 하숙방에, 내일은 남원 친구 자취방에 모여드는 식으로.

그 즈음 우리는 절로 깨달았다. 각자의 부모님들이 하숙집이나 자취집을 정해주는데 동일한 원칙이 작용했다는 것을! 전주를 중심으로 나머지 13개 시군으로 뻗어나가는 간선도로에는 각기 간이정류장들이 있었다. 무주·진안·장수 방면은 모래내, 김제·정읍·고창 방면은 용머리고개, 군산·익산 방면은 옛 덕진역 자리. 이 권역을 중심으로 김제부안 쪽 친구들은 효자동 부근, 임실·순창 쪽 친구들은 장승백이와 꽃밭정이 쪽, 무진장에서 온 친구들은 인후동 지역에 집중적으로 포진되어 있었던 것이다. 따라서 부안 출신을 친구로 사귄다는 것은 용머리 고개 너머 그 친구 자취방까지 가는 길을 알아야 한다는 것을 뜻했다.

이렇게 날마다 쏘다니다 보니 어느새 친구들이 사는 장승배기나 용머리고개, 떡전거리 지형을 거진 다 알게 되었다. 의외로 전주 토박이들이 이쪽 지리를 잘 모른다는 사실 앞에서 작은 희열을 느끼기도 했던 것 같다. 그러면서 우리 시골 출신들 사이에 비슷한 의문이 일었다.

기왕 전주로 학교를 보낸 것, 더 깊숙이 학교 가까운 도심에 방을 얻어줘도 될 일을 우리 부모님들은 왜 이리 먼 데 방을 잡아준 것인지? 우리끼리 옥신각신 이야기를 나누다가 잠정적으로 이런 결론을 내렸다.

각 간이정류장 인근에는 버스 노선 방면 출신들이 모여 살았다. 그중에는 의당 원래 시골에서 이웃사촌으로 지냈던 사람이나 하다못해 사돈의 팔촌의 처당숙이라도 살고 있게 마련. 내 경우를 예로 들자면, 모래내에는 눈에 보이지 않는 '작은 진안'이 형성되어 있었다. 시골에 있는 부모님으로선 자신의 눈길과 영향력이 미치는 심리적 영토 안에 자식을 두고 싶었던 것. 전주의 초입에 해당하는 사방의 간이정류장 지역은 전주를 둘러싼 시골의 영향력이 가닿는 가장 먼 끝이었던 셈이다. 이로 인해 나나 내 친구들은 주말마다 일종의 '메신저'처럼 전주에서 시골로 보내는 소식, 시골에서 전주로 보내는 물건을 배달하는 역할을 해야 했다. 우리는 부모님이 '전주'라는 도시에 심어둔 '연락 포스트'이기도 했던 셈. 지금 생각해도 제법 그럴 듯한 추론이었다.

시골과 도시, 부모의 현재와 자녀의 미래, 부모의 기대와 경제적 현실이 절충을 이루며 자연스럽게 결절점을 이룬 곳이 전주 외곽 간이정류장 주변이었던 것.

전주는 성이고 거대한 시장이었다

13개 시군의 애정과 보호 속에 성장한 도시가 바로 전주라는 것을 깨닫는 과정에서 우리 시골뜨기들은 또 하나 중요한 사실을 알게 됐다. 전주의 주요 시장이 모두 시 외곽 지점에 있다는 사실! 전주에는 남부시장, 동부시장, 서부시장, 북부시장(금암시장)이 모두 정류장과 가까운 근처에 있었다. 아니, 이런 시장 주변에 정류장이 설치되었다는 말이 더 정확하겠다.

이건 시골과 정반대였다. 시골에서는 장터가 마을 외곽에 있는 법이 없었다. 정중앙은 아니어도 그 마을 사람이나 옆 마을 사람들이 모여들기 좋고 먹고 놀기 좋은 중심에 장터가 서게 마련인데, 전주는 왜 시장이 이렇게 모두 바깥쪽에 있는 것인지 의아한 일이었다.(중앙시장은 1948년에야 생겼다고 들었다.)

이런 의문은 첫 번째 봄소풍을 통해 해소되었다. 소풍 장소가 바로 남고사와 남고산성이었다. 남고산 정상에서 허물어지긴 했지만 산등을 타고 길게 이어진 석축 산성을 보게 되었고, 전주천을 사이에 두고 동고사라는 절과 남고사가 서로 마주 보고 있다는 것도 알게 되었다.

나는 거기서 처음으로 선생님께 전주에는 사고사(四固寺)가 있다는 소리를 들었다. 전주의 동서남북에는 천년 전부터 동고사, 서고사, 남고사 그리고 진북사(북고사)가 세워져 있었다는 것. 풍수지리상의 비보(裨補)라거나 전주를 지키는 불심의 등대.

네 개의 대문, 네 개의 절, 네 개의 시장이 지시하는 바가 너무나 직관적이다.

전주를 둘러싸고 있는 완주, 김제, 임실은 물론 멀리 순창, 남원, 부안, 고창, 군산, 익산, 무주, 진안, 장수의 물산이 늦은 밤이나 이른 새벽 시간을 이용해 아침 성시(城市)에 도착하면 전주 사람들이 그곳에서 산나물이나 해산물 땔감 등을 사들였다는 것. 그동안 어지럽던 전주의 역사지리 혹은 도시 변천사가 그 순간 내 머릿속에서 일목요연해졌다. 전주, 전주성 그 자체가 전라도의 온갖 물산, 인재들이 모여드는 거대한 시장이고 가치 교환이 일어나는 플랫폼이었던 것이다.

왜 전주를 교육도시라고 하고 예향이라고 하는지도 그제야 선명하게 이해가 되었다. 사람과 물자가 모여드는 곳에서 예술도 꽃피고 교육도 이뤄지는 법. 전주는 전라도의 교통과 물류의 시발점이자 종착점이었고, 최종 소비지이자 새로운 창조가 이루어지는 곳이었다. 진안에서 온 나와 하숙집 룸메이트였던 부안 친구의 만남을 매개하는 곳, 중심지의 역할이란 그런 것이었다. 결집하고 재분배하고 분류하면서 새로운 가치를 스스로 찾아내는 곳.

이렇게 귀한 장소를 지키기 위해 그 옛날 사람들은 성벽을 둘러쳤던 것이다. 전주사고가 있었고 태조 어진이 봉안되어 있었고 전라감영이 있었던 곳. 왕조 시대에는 행정중심도시가 곧 문화중심이었고 전략 거점이었으며 가장 큰 시장이었다.

전주가 성곽으로 둘러싸인 오래된 도시라는 사실은 새삼스럽게 내게 여러 상상을 불러일으켰다. 1,300년 혹은 그 이전부터 존재했을 도시. 그 도시의 맨 가장자리를 지키고 있었을 피부와도 같았던 성벽들. 그 성벽 안에는 누가 살고 성벽 바깥에는 또 누가 살았을까? 그 성벽은 또 언제 다 허물어진 것일까?

내 상상력의 초점은 '성'이라는 단어였다. 1894년 동학농민군이 용머리고개를 넘어 전주성을 점령했다는 역사적 사실을 앞에 접하고도 '성'의 실체는 쉽게 와 닿지 않는다. 성벽이 없는 탓일 것이다.

외롭게 혼자 남은 풍남문과 그 앙상하게 남은 옆날개의 자태는 서울 남대문과 판박이. 지금 어느 누가 서울이 옛날에 도성이라고 생각하겠는가.

시간을 조금만 거슬러 올라가보면 전주성은 언제나 역사적으로 중요한 거점이었다. 1,100여 년 전에는 후백제 부흥을 선포한 견훤왕의 왕성(王城)으로 기능할 만큼 거대도시였고, 고려조 '전라도'라는 명칭이 발생할 때 연원이자 중심이 되는 곳이었으며, 임진왜란 당시에는 이순신의 한산대첩과 동시에 벌어진 이치와 웅치전투를 통해 목숨을 걸고 사수해야 했던 호남의 전략 거점이었다. 그때 전주성이 함락되었다면 한산대첩의 승리도 큰 보람이 없었을 것이다. 충무공이 '호남이 없으면 국가도 없다[若無湖南 是無國家]'라고 했던 호남 제일거성이 전주성이었다. 임진왜란 시기에는 광해 분조(分朝), 정묘호란 때는 소현세자의 분조가 들어서기도 했던 곳. 그 튼튼하던 전주성은 도대체 어디로 가고, 도시 외곽 산꼭대기에만 일부 흔적을 남기고 있는가!(뒤에 공부하고 보니 을사늑약 2년 후 일본인들에 의해 전주성의 단단한 옹벽들이 모두 허물어졌다고 한다.)

성벽과 대문이 사라진 자리, 왕조의 역사가 허물어졌지만 시장은 여전하다는 것이 내게 큰 울림을 주었다. 옛 전주와 지금 전주 사이에 여전한 것은 민중들의 삶이고 생계의 터전이 된 네 개의 시장! 전주의 역사는 경기전에 있을 수도 있고 전라감영 터나 견훤 성터에도 있을 수 있지만, 가장 오래된 생명력을 가진 전주의 역사는 어쩌면 전주 네 귀퉁이에서 오늘도 가장 먼저 도시의 새벽을 열어젖히는 남부시장 등에서 찾아야 할지도 모른다. 전주의 시장통에 들어서는 일이야말로 지금은 사라진 전주성 속에 본격적으로 입성하는 것과 진배없다, 네 개의 시장이 관문이 되어 천년 넘게 지키고 있는 도시가 그 안에 고스란히 담겨 있다.

전주를 이해하는 출발점 혹은 도착점

고등학교 진학 이후, 잠깐의 군복무 기간을 제외하곤 햇수로 40년째 내 삶의 거점은 언제나 전주였다. 인후동에서 오래 살았고 금암동에서 살았으며 서학동, 대성동을 거쳐 지금은 진북동에 자리를 잡았다. 그 사이 결혼을 했고 세 아이가 태어나 '전주내기'로 성장했다. 이 정도면 완전히 전주에 스며들었다고 해도 되지 않을까 싶지만, 전주와 나는 얼마나 친숙해졌을까 지금도 때때로 묻곤 한다.

당연히 내가 살던 곳들은 골목골목, 벽돌담의 낙서까지 모두 기억한다. 하지만, 아직도 완산동 골목길이나 금암동 도서관 아랫동네에 들어서면 길을 놓칠 때가 많다. 전주천 너머 서쪽으로 한창 확장중인 서부 신시가지는 때로 이국의 풍경처럼 이물스럽게 여겨진다. 이런 면에서 내 스스로를 전주 구도심 거주민 정도라고 규정하면 되지 않을까.

내겐 여전히 동부시장 조약국 사거리에서 홍지서림을 지나 다가동파출소로 이어지는 길이 전주의 중심도로이고, 내 전주살이의 도근점(道根點)이다. 옛 전주 사대문으로 치면 꼭 동문에서 서문에 이르는 길이다.

지금은 사라진 세종집에서 친구들과 함께 막걸리잔을 들어 올리는 것으로 성인이 되었음을 자축했다. 그때부터 내 청춘은 여지껏 이 길을 벗어난 적이 없다. 장가네왕족발, 꼬꼬통닭, 고향촌, 석다방, 삼양다방, 천년누리 봄, 아리랑제과, 소금인형, 이상 커피숍,

다보탑회관, 풍남집, 성심회관, 신후문집, 경원집, 이래면옥, 필하모니, 창작소극장, 다락, 아관원, 초원슈퍼, 로뎅다방, 스펠바운드, 목궁, 한마당, 진미반점 등등.

시차를 두고 어떤 집은 사라졌고 어떤 집은 오늘도 저녁참이 되면 어김없이 문을 연다. 존재와 부재는 여기서 분리되지 않는다. 기억과 현실이 공존하는 거리, 모든 구비마다 내 삶의 곡절이 각인되어 있다.

엎어놓은 맥주박스를 의자 삼아 술을 마시던 연인들, 실크로드, 옴팡집, 새벽강, 임실슈퍼, 전일슈퍼, 영동슈퍼, 경원슈퍼 등 동문사거리 옆골목도 마찬가지다. 낮엔 한없이 쇠락해 보이지만 밤이 되면 오히려 온기가 배어나는 거리. 서로 짱짱하게 자신의 색과 형태를 고집하던 낮 시간이 끝나면 누가 먼저랄 것 없이 서로가 서로에게 스며드는 시간, 이집 저집 간판 불빛과 안에서 뿜어져 나오는 전등불빛이 갈마들며 적당히 밝고 적당히 어둡다.

누구에게든 자신 있게 말할 수 있다. 전주의 밤을 알고 싶다면 동문사거리 은근한 불빛을 받으며 동서남북 어디로 가야할지 고민하는 것부터 시작해야 한다고!

어느 술집의 문을 여느냐에 따라 어떤 이는 전주의 음악인들을 만나게 될 것이고, 어떤 이는 젊은 연극인들을 만나게 될 것이다. 정말 운이 좋다면 노래를 기막히게 잘하는 한의사나 톱 연주하듯 기타를 뜯는 시인을 만날 수도 있다. 영화 촬영 시즌과 맞아 떨어지면 가맥 한구석에서 모자를 눌러쓰고 맥주잔을 기울이는 유명 배우를 만날 수도 있다. 요즘에는 그림 하는 이들의 왕래도 부쩍 많아졌다.

물론, 단 한 번에 그들과 만나기란 쉽지 않다. 당신이 그날 왜 왼쪽 길에 끌리거나 오른쪽 길을 택했는지 잘 알 수 없는 것처럼, 그들 또한 그날 어느 골목으로 걸음을 옮길지 미리 정하지 않고 나온 것. 서로 물 흐르듯 흘러가다 어디에서는 합류(合流)가 일어나고 어디에서는 여러 갈래로 나뉘기도 한다. 따라서 굳이 누군가를 만나겠다고 찾아 나서지 않아도 된다. 보다 소중한 것은 굳이 서로 무릎을 맞대고 앉지 않더라도 우리가 '그날 그 거리'에 함께 하고 있는 거라고 믿는 마음.

지난 시간을 차곡차곡 접어놓을 수 있다면, 다시 펼쳐볼 요량으로 책갈피처럼 곱게 접어둘 수 있는 것이라면, 거기 몇 자 잊히지 않는 메모를 남길 수 있는 것이라면, 동부시장에서 동문사거리에 이르는 거리는 내게 아직도 탐독하고 있는 한 권의 책이자 지금도 메모를 계속하고 있는 노트일 것이다. 내 스무 살이 출발했던 장소이자 내가 여전히 당도하고 싶은 그곳. 큰길이며 골목이고 사람이면서 또한 시간이기도 한 그곳.

골목, 도심에 이르는 지혜의 미로

이렇게 열심히 전주의 거리를 쏘다녔음에도 내 머릿속에 구도심의 모든 골목길이 들어서 있는 것은 아니다. 아직도 다 그려지지 않은 지도, 또 이미 입력된 지도도 도시 계획 변경 속에 언젠가는 또 수정되어야 할 것이다.

미나리꽝이었던 곳에 학교가 들어서고 무논 천지였던 곳에 백화점이 세워졌다. 전주안과, 설다방, 시집가는날, 국일관, 아카데미극장도 모두 터는 여전하나 간판은 바뀌었다. 최소 600년은 됐다던 마전 동네가 많은 이들이 안타까워하던 중에도 불도저에 깡그리 밀려나 서부 신시가지라고 불린다. 그 권역은 이제 애통리 혁신도시 쪽으로 확대되고 있다. 오랫동안 '35사단'이라고 불렸던 곳에는 거대 아파트 단지가 들어섰다. '(사대)문밖, 혹은 (전주)천 바깥'에 살면 상놈이라고 부르던 전주의 노인들도 이젠 찾아보기 힘들다. 옛길은 새 길에 덮여 자취조차 찾을 수 없거나 새 길에 간선도로의 자리를 양보하고 샛길이 되어 뒷골목으로 전락한다.

오늘도 전주에는 골목이 늘어난다. 오래된 골목과 새로 생긴 골목 사이에 어떤 접점이 있는지, 어떻게 서로를 의식하고 다투고 마침내 닮은꼴로 늙어가는 것인지…… 전주의 골목길이 사라지고 늘어나고 변해가는 모습을 지켜보는 일은 흥미진진하기 짝이 없다.

나는 이게 오래된 도시, 전주가 지닌 가장 큰 매력이라고 생각한다. 오래된 길과 새로운 길이 얼기설기 뒤엉켜 미로를 이루고 있는 곳. 절대 인위적으로는 만들어지는 않는 시간 속의 공간.

한옥마을을 제대로 이해하려면 향교로 이어지는 골목길을 따라 들어가야 하고, 오목대에서 이목대 쪽으로 넘어가 자만동 벽화마을 좁은 담벽을 통과하고 마당재 가파른 길을 따라 군경묘지로 해서 중바위까지는 올라가봐야 한다. 그 길을 따라 가다보면 거기 굴다리가 있었고 전주여고, 남중, 영생고, 영생대학과 전주공업전문대학이 그곳에 있다가 차례차례 이전을 했다는 이야기를 듣게 된다. 동고사 주변에는 천년 세월의 풍화를 견뎌낸 견훤 시대의 흔적이 남아 있고, 중바위 정상에 오르면 만마관에서 치달려오는 전주천 물길이 전주 시내를 어떻게 통과하고 있는지를 보여준다. 걸음을 보태 기린봉 꼭대기까지 올라가면 진안고원의 연봉들이 먼빛으로 도열해 있는 일망무제의 풍경이 펼쳐진다. 산 아래에는 그 심연에 어떤 역사적 사연을 품고 있는지 모를 아중호수가 늘 침묵의 빛으로 출렁인다. 실제 호심은 별로 깊지도 않은데, 호수 밑바닥에 거대한 비밀 궁전이 가라앉아 있을 것 같은 상상을 나는 아직도 버릴 수 없다.

기린봉과 중바위 일원은 최초의 전주가 뿌리내린 곳이라고 많은 이들이 생각하는 곳. 전주의 탄생과 이후 성장 과정을 한 눈에 조망하기에 이만한 장소가 없다. 지금은 오솔길이나 사잇길 정도밖에 되어 보이지 않는 좁은 길이 이전에는 큰 길이었을 것이다. 이 길은 시간의 적층 속에서 자연스럽게 서로 연결된다.

이 길을 누구나 쉽게 찾을 수 있는 것은 아니다. 골목과 골목 사이를 이해하는 사람, 즉 전주에 오래 산 사람들만이 막힘없이 골목과 골목 사이로 스스로 길을 낸다. 초행인 외지인은 절대 이 길을 연결하지 못한다.

그 도시 사람만이 알고 있는 골목의 입구와 출구, 그게 오래된 도시만이 갖는 특권이자 자존심 같은 것이다. 관광객들에게는 너르고 편안한 길을 언제든 내주지만, 꼬불꼬불 좁은 길은 전주의 심부를 들여다보겠다는 이들만 들어설 수 있고, 외지인은 그 안에서 몇 번이고 길을 되짚어나가야 한다.

이런 점에서 한 도시의 골목길을 이해한다는 것은 그 도시의 오랜 시간층이 빚어낸 변화의 미로를 이해하는 것이라 할 수 있다. '미로, 지혜에 이르는 통로'라고 말했던 이가 있다. 그의 말을 이렇게 확장하고 싶다.

"골목, 도심(都心) 깊은 곳으로 이어지는 지혜의 미로!"

지혜는 쌓인 지식이 시간의 발효를 거쳐야만 발현되는 것. 나는 몇 년째 전주의 골목길과 연애중이다. 어릴 적 선망과 동경의 대상이었던 대도시 전주가 주던 흥왕한 느낌은 이제 찾을 길 없지만, 전주 입성 40년째 여전히 전주를 사랑한다. 내가 구도심 골목길을 다 익힐 즈음이면 서부 신시가지에도 새로운 골목이 번성했다 묵은 골목이 생길 것이다. 그 골목길까지 내 몫은 아닐 터. 나는 어은골에서 완산동까지 가파르게 이어지는 골목길 탐사만으로도 벅차다.

　아직도 골목길과 골목길을 제대로 이어붙이지 못할 때가 많다. 공부해야 할 것은 언제나 남아 있다. 다른 해결 방법이 있을 수 없다. 막힌 데서 돌아나가는 것, 첩첩이 이어지는 골목길의 나이테를 바깥에서부터 하나하나 더듬어 보는 것.

　그때마다 느낀다. 전주에는 이렇게 나이테가 많구나, 이 안에 수없이 많은 사람들의 삶의 주소가 있었구나, 그 나이테를 더듬는 나 또한 한 해 한 해 나이테가 늘어나는구나!

　전주 골목길에서 나이테를 헤는 것은 여기 살았던 사람과 사는 사람 사이에 존재하는 우주적 시간을 통합적으로 이해하는 지름길. 할아버지가 걷던 길을 훗날 손자가 걷는 것처럼, 우리는 골목에 들어서는 일로 과거와 미래를 향해 동시에 걸음을 내딛는다.

　누군가의 과거였으며 또 누군가의 미래이기도 한 전주의 골목, 공부해야만 알게 되는 길. 전주는 내게 학교다.

3. 녹스는 것이 철길뿐이랴

철로도 정년퇴직을 한다

1970년대 후반, 문학 소년소녀들을 달뜨게 했던 학원 문예지 시절이 있었다. 오늘 경암동 철길골목 입구에 들어서자, 그때 눈여겨보았던 문장 한 구절이 떠오른다.

"녹슨 청동 수염 마도로스가 절룩이며 수평선을 향해 푸른 담배 연기를 내뿜는다."

그 시절 내 망막에 왜 이 구절이 맺혔는지 이제는 흐릿하지만, '녹슨 청동 수염'이라는 표현은 지금도 찌릿하다. 녹슨 관절, 몸이 삭는다는 것을 전혀 이해할 수 없었던 나이. 아마도 그때는 이런 표현을 내가 아직 가 닿지 못한 '레토릭(rhetoric)' 정도로만 여겼을 것이라 생각하니 더욱 가슴 저리다. 지금 생각해보면 나는 그 단어들이 구축하고 있던 세계에 대해 머리끝부터 발끝까지 완벽한 문외한이자 이방인이었다. 하긴, 그래서 더더욱 미친 듯 홀렸을 것이다.

군산시 경암동 12통에 철로가 가설된 게 1944년 4월. 철도로서 그 기능을 다 한 것은 2008년 7월. 만 64년, 사람으로 치면 정년퇴직에 해당될 만큼 철로는 나이를 먹었다. 군산역과 페이퍼코리아

라는 신문용지 제조업체 사이만을 오가던 탓에 '페이퍼코리아선'
이라고도 불렸다.

철로를 골목 삼아 양켠으로 사람들이 모여 집을 짓고 살기 시작
한 것은 해방 이후. 경암동은 바다를 메워 새롭게 생긴 매립지였으
니 해방-미군정-한국전쟁 시기를 통과하는 동안 사람들에게 '국
유지'라는 것은 사실상 땅주인이 없다는 말이나 마찬가지였을 것
이다. 지금 우리가 '철길골목'이라고 부르는 구간은 해방 후로부터
1970년대 어름에 이르기까지 형성되었다.

날마다 디젤 기관차가 오가던 철로는 마찰열에 뜨겁게 반질거
렸을 것이다. 그 위로 작렬하는 햇살, 기적 소리가 울리면 사람이
며 강아지는 허둥지둥 비켜서고, 기차가 지나가는 순간에는 부엌
세간살이나 나무 그늘 뒤에 숨은 매미의 아랫배까지 요란하게 출
렁거렸을 것이다. 사람과 마을과 철로는 그렇게 공존하는 세월을
보내며 이 거리의 풍경을 함께 만들어낸 것이다.

60년의 시간이 고여 있는 곳

기차가 운행을 멈춘 지 여러 해, 철길은 이제 은일한 적막에 빠
져 있을 것 같지만 막상 찾아와 보니 더 부산한 나날을 보내고 있
었다. 침목과 침목 사이에는 옥수수와 콩이 자라고 그 틈바구니에
서 더 질긴 생명력을 자랑하는 잡초들을 뽑는 손길에는 쉴 틈이 없
다. 담쟁이넝쿨은 제 발톱을 박아 넣지 못할 곳은 아무 데도 없다
는 듯 무성히 자신의 영역을 확장하고 있다. 여느 곳처럼 여기에
도 해가 뜨고 비가 온다. 그때마다 사람들은 고추를 널어 말리거나
내건 빨래를 거둬들인다. 그뿐인가. 오랜 시간, 이때만을 기다려왔

다는 듯이, 맹렬한 속도로 폐(廢)철로에는 녹이 스민다. 군산에 쏟아지는 햇살과 서해에서 불어오는 간간한 해풍들이 죄다 이 골목으로만 밀려오는 것 같은 착각. 산화와 부식을 위한 조건들은 오래전부터 이 철로 주변을 배회하고 있었던 것이다.

철로는 은퇴한 게 아니다. 그동안 낯익고 우호적인 풍경이라고 생각했지만 적대적인 태도로 돌변한 낯선 환경 속에서 다시 적응하는 것이 운행을 멈춘 철로에게 주어진 새 운명이다. 녹이 스는 것, 녹이 스미게 놓아두는 것. 그것이 철로가 택한 순응과 저항의 방식이다. 상처를 상처 딱지로 이기는 것. 한 번 녹슨 자리에 또 녹이 스는 법은 없다.

이제 혼자서 견디는 세월이다. 지탱하기 힘들었던 기관차의 육중한 중량으로 인해 자신이 맑은 쇠빛을 유지할 수 있었던 것을 되새기며 철로는 오래 여기 웅크려 지낼 것이다. 그리고, 자신의 발치를 툭툭 건드리는 잡초들의 성가신 관심 속에 천천히 흙 속에 파묻히는 것이다. 쇠붙이도 흙으로 돌아가 마침내 분해되는가. 그렇다면, 산화(酸化)와 산화(散華) 사이에 소요될 시간의 총량을 생각하니 쌔하다. 철로가 녹슬 듯이 여기 경암동 철길골목도 녹슬고, 이곳을 둘러싼 지난 60여 년 시간도 이렇게 녹이 스는 것.

생을 통과하는 시간의 풍경

철로는 들판을 가로지르거나 터널을 뚫고 돌진하는 전향성(前向性)의 상징이었다. 녹슬거나 해찰할 틈이 없었던 숨 가쁜 시간 속으로 기차는 달리고 철로는 깔리고 우리는 달려왔다. 그 시간들이 돌연 여기 멈춘 것!

관성의 법칙에 의해 곤두박질치듯 이 철길골목에는 지난 세기의 잡동사니들이 모두 내팽개쳐진 채 함부로 나뒹군다. 거두절미(去頭截尾), 앞과 뒤가 끊긴 폐철로 위에는 두서없는 시간들이 웅성이고 햇빛의 입자들은 먼지처럼 분분하다.

이 낯선 풍경. 한 사람이 자신의 생애에 또 자신의 생애를 보태어 걸어야만 당도할 수 있는 이 녹슨 시간의 풍경들이 돌연, 한꺼번에 내 앞에 쏟아진다.

새삼 삶의 순환, 연기(緣起)를 생각한다. 흘러온 시간들이 모두 고여 있는 웅덩이. 지나온 시간과 앞으로 우리 앞에 다가올 시간들이 한꺼번에 뒤섞여 출렁인다. 당신이 통과하거나 통과해야 할 시간들이다. 이 녹슨 철길이 당신에게 묻는다. 지금 너는 어디서 어디로 가고 있는가.

아직도 이 철길골목은 여전히 길이다. 들고 나고 두리번거리며 내가 가야할 바를 물어야 하는 곳. 길이 끊긴 곳에서 또 길이 시작된다 하지 않던가. 이 길이 갈 바를 묻는 일과 내 정처를 묻는 일이 다르지 않다.

4. 길 위의 시간, 길 위의 사람

고개, 열망의 꼭짓점

고개는 쉽게 넘을 수 없다. 땀과 벅찬 숨, 다리품을 팔아야만 고개를 넘어갈 수 있다. 예외는 없다. 자신의 생애를 다해 우리는 우리 앞의 고갯길을 넘는다. 그 고갯길을 넘는 동안 분명해지는 것은 우리는 하나같이 길손이라는 것. 누군가 먼저 넘었던 길, 언젠가는 뒤에 올 사람이 걸을 길. 우리는 주어진 시간 속에서 자신의 고갯길을 넘어가는 나그네들이다.

고갯마루를 넘어보지 않은 사람은 이런 느낌을 알 수 없다. 그곳에 가야만 느낄 수 있는 현장감. 이게 없다면 세상은 얼마나 불공평한가. 가지 않고도 느끼고 보지 않고도 알 수 있다면? 사람이 살아가다 만나는 몇 차례 인생의 고비를 고갯길에 비유하는 것은 누구나 고갯길을 넘기 위해서는 정직하게 그 대가를 지불해야 한다고 믿고 싶은 까닭이다.

자신의 체력과 보폭, 걸음걸이만큼 우리는 이동할 수 있다. 나를 밀고 나가는 것은 오직 나. 고갯길 초입에서 그 고갯마루에 당도할 때까지 더 필요한 것은 시간과 땀을 견디는 마음. 우리는 무엇을 보고자 이처럼 기를 쓰고 고갯길을 넘어가는 것일까?

고갯길은 그 정상에 설 때까지 절대 그 너머를 보여주지 않는다. 하지만 상상까지 막는 것은 아니다. 먼저 달려가 이미 고갯마루를 서성이고 있는 내 설레는 마음과 만나기 위해 우리는 걸음을 재촉하기도 하고, 어떨 때는 오늘 해가 지기 전 꼭 고개를 넘어야겠다고 다짐했기 때문에 다리의 통증을 참기도 한다. 이런 면에서, 고개는 열망의 꼭짓점이기도 하다.

곰티재, 자연과 시간과 인간

우리가 사는 전북은 동고서저(東高西低)의 지형으로 이루어져 있다. 서해안에 면한 지역과 덕유산-지리산으로 이어지는 동부 지역은 표고 차이도 상당하다. 평야부에 사는 사람이 진안고원이나 운봉고원으로 넘어가려면 고개를 넘어야 한다. 웅치(혹은 곰티재)나 여원치 아흔아홉 구비가 대표적이다. 이 고개들은 진안고원, 운봉고원과 그 바깥세상을 연결하는 숨줄이었다.

전란의 시기가 되면 이 고개들은 그야말로 목숨을 내놓고 사수해야 하는 요충지가 될 수밖에 없었다. 고려조의 몰락이 가속화되는 가운데 난세의 영웅으로 떠오른 이성계의 황산대첩(1380년)이 여원치를 지키기 위한 것이었다면, 임진왜란 초기 전쟁의 판도를 바꾼 웅치전투(1592년)가 벌어진 것 또한 지정학적으로 필연적이었다.

임진년 초기 파죽지세로 한양까지 점령했던 왜군은 자신들의 예상과 달리 선조가 몽진(蒙塵)을 택하면서 전쟁이 장기화될 조짐을 보이자, 한반도의 곡창이자 물산의 중심인 전라도를 점령해야만 조선의 목줄을 움켜쥘 수 있다는 것을 깨닫게 된다.

이때, 왜군의 군략은 수륙병진. 부산포에 집결한 왜 수군이 일제히 전라도 해역으로 출진하고, 금산성에 집결한 왜 육군은 두 갈래로 나뉘어 이치와 웅치 방향으로 진격, 전라도의 수부인 전주성 공략에 나서니 전투 또한 동시다발적으로 벌어진다. 이순신이 바다 물길을 틀어쥐고 왜 수군을 대파한 한산대첩이 벌어진 날이 음력 7월 8일. 이치전투 또한 7월 8일. 웅치에서는 7월 7일부터 8일까지 이틀간 전투가 벌어졌다. 가장 먼저 전투가 벌어진 웅치는 그날 조선의 목숨줄을 지키느냐 내주느냐, 사직의 존망이 결정되는 장소였다.

이때 한 군데라도 뚫렸다면, 전라도는 물론 조선의 운명이 경각을 다투는 전투였다. 조선 수군이 이겼다 해도 육지가 뚫렸으면 수군은 기항지를 확보하지 못하고 먼 바다를 떠돌아야 했을 것이며 왜 수군은 동해, 남해, 서해를 모두 장악한 채 조선을 압박했을 것이다. 육군만 이겼다 해도 배를 타고 바다에서 강으로 상륙해 덤벼드는 왜군을 감당할 수 없을 것이다.

그때 어떻게 왜군들이 서로 연통을 했고, 조선군은 또 어떻게 왜군의 전략을 간파하고 동시다발적으로 전투에 돌입했는지, 웅치 전적비 앞에만 가면 늘 그게 궁금하다. 관군과 합세하여 완벽하게 방어진을 구축한 전라도 의병들의 희생과 헌신을 생각하면 절로 눈물이 난다. 3선으로 구축된 방어선 중 가장 위험한 앞자리에 섰던 게 전라도 의병들이었다. 얼마 남지 않은 관군의 손실을 최소화하기 위해 가장 먼저 죽음과 맞서는 앞자리에 자원했을 것이다.

진안고원 지역과 전주를 잇는 곰티재는 이렇게 오랜 세월 이 지역의 역사와 함께 하며 시간과 기억의 통로로 존재해왔다. 처음에는 자연이 인간에게 허락한 교통로였지만, 누천년 이 길 위에 섰던 사람들의 생애를 이어주는 역사의 연결통로가 된 것이다. 이 길로 전주 시장에 내다 팔 장작이나 숯 혹은 한지의 재료가 되는 닥나무 짐을 이고 진 도부꾼들과, 대처를 향해 청운의 꿈을 품고 나서는 청년이 수십 년 후 백발이 되어 자신의 탯자리로 터벅터벅 돌아오는 걸 이 고갯길은 지켜보았을 것이다.

곰티재가 교통로로서 그 역할을 다한 것은 1960년대 후반. 한국의 오래된 옛 고갯길들은 이 무렵을 전후로 은퇴하기 시작한다. 꼬불꼬불한 산길은 사람이나 짐승의 호흡과 걸음걸이에 맞춰진 길. 변화된 시대는 걷는 길이 아니라 차가 다닐 수 있는 길을 원했다. 차가 다니기에 옛길들은 너무 좁고 구불구불했다.

오늘날 전주 방향에서 진안 쪽으로 가는 길은 몇 개가 있다. 통행로로서 기능을 다하고 이제 산책로 혹은 탐방로가 된 곰티재 길. 곰티재를 대체해 30년 가까이 간선도로 역할을 하던 모래재 길. 그 뒤 다시 모래재를 제치고 새롭게 닦인 보룡재 길. 그리고 익산-포항간 고속도로가 지나는 구간.

이 길들을 서로 비교해 보면 자연과 인간 사이의 오랜 힘겨루기를 알 수 있다. 곰티재가 자연이 인간에게 허락한 길이라면, 터널을 뚫어 고갯길을 대체한 모래재, 산 중턱부터 고갯마루까지 모두 불도저로 깔아뭉개버린 보룡재, 그리고 이젠 아예 까마득히 아득한 높이까지 고가 다리를 놓아 허공에 길을 뚫어버린 고속도로까지. 이 길들은 서로 어깨를 맞대고 있거나 그 길이 겹치기도 한다. 현재 고속도로 구간 역시 곰티재를 육상에서 공중에서 관통해서

통과한다.

이제 곰티재 옛길과 모래재는 묵은 길이다. 간혹 도보 탐방객이나 자동차 행렬과 마주치길 싫어하는 바이크족이 찾는 정도. 이렇게 길이 휴식에 들어가면 그 길 또한 휴식을 찾는 사람들로 채워진다. 답답한 숨통을 틔우려 이 길을 찾는 이들을 위해, 이제 이 길은 벚꽃나무와 메타세콰이어를 가로수로 준비해두고 있다. 시간의 호흡, 인간의 호흡, 그리고 자연의 들숨과 날숨이 이 고갯길에서 만난다.

모이고 흩어지는 자리, 무룡고개

장수군 장안산과 영취산 사이에 놓여 있는 무룡고개는 전북의 여러 고갯길 중 가장 수려한 풍광을 자랑하는 곳이다. 왼쪽 영취산으로 오르면 육십령, 덕유산으로 이어지는 산마루가 장쾌하고 오른쪽 장안산에 서서 보면 수분령, 뜬봉샘, 팔공산, 성수산, 마이산으로 그 끝을 잡을 수 없이 산자락과 산그늘이 이어지는 자리. 그곳에 움푹 무룡고개가 자리 잡고 있다. 무룡고개, 무령고개, 그동안 여러 이칭이 혼용되었는데 차츰 무룡고개라는 이름으로 정리되는 듯하다.

산이 높으면 계곡은 깊다던가. 무룡고개 양편으로는 덕산계곡, 방화동 계곡, 지지계곡이 출렁이고 10여 킬로미터에 달하는 지지계곡 끝에는 동화댐이 자리 잡고 있어 계곡에서 호수로 이어지는 물길 풍경이 일품이다. 논개 생가 방향의 대곡저수지, 섬진강과 금강 수계가 나뉜다는 수분령과 금강 발원지인 뜬봉샘도 모두 지척이다. 왜 이곳의 군 지명이 장수(長水)인지 굳이 물어보지 않아도 여기 오면 절로 알게 된다.

산이면 산, 물이면 물, 이처럼 모두가 빼어나니 무룡고개 주변에는 항시 등산객과 유람객이 넘쳐난다. 이렇게 많은 사람들이 오고 가는데도 불구하고 번잡한 느낌이 없는 것도 무룡고개의 또 다른 특징.

이 고개에 모여든 사람들은 잠깐 숨 한 번 돌리고 난 뒤, 금세 영취산으로 오르거나 장안산 쪽으로 길을 잡아 나선다. 논개 생가를 찾아가는 사람들, 백용성 조사 생가지를 찾아가는 사람들도 잠시 여기서 바람 한 번 쐬고 다시 길을 재촉한다. 앞서 다녀온 곰티재나 적상산 고갯길 정상에서는 어쩔 수 없이 땀 냄새를 맡아야 했다면, 여기 무룡고개는 바람 냄새, 햇빛 냄새, 청량한 물 냄새가 고개를 점령하고 있다.

다른 고갯길에 비해 딱히 더 높다고 할 수도 없고 오가는 사람이 많은데도 이곳 고갯마루가 쾌적한 이유는 여기가 고갯길 다운 고갯길이기 때문이다. 붐비지만 조용한 산중 교차로. 드는 사람 나는 사람 흔적은 금세 바람이 지워준다.

무룡고개에 한 30분만 서서 지켜보면 보면 산은 산끼리 모이고 물은 물을 찾아 나서며 사람은 사람을 그리워한다는 생각을 하게 된다. 다 섞여 있는 것 같지만 그래서 더 뚜렷하게 분별하게 되는 곳. 모였으면 흩어지고 흩어진 것들은 다시 만난다는 것을 배우게 되는 곳.

무룡고개 이쪽 아랫마을 주촌에는 논개의 생가지가 있고, 저쪽 아랫마을 죽림리에는 백용성 조사의 생가지가 있다. 지령이 인걸을 빚는다는 옛말을 생각하면 위기와 혼돈의 순간에 가장 바른 처신을 했던 두 분의 생애가 이곳 무룡고개 일원에서 시작된 게 당연한 것처럼 여겨진다. 논개의 투신은 2차 진주성전투의 패배로 인한 열패감과 불안감을 일거에 씻어내게 만들었고, 백용성 조사는 3.1 만세 선언 직전까지도 혼란에 빠져 허우적거리던 민족대표 33인을 호되게 일깨웠다. 논개와 백용성 조사는 이렇게 허우적거리던 사람들을 이끌고 한 시대의 고빗길을 넘어섰다.

시간과 인간의 무늬, 적상산 고갯길

2019년, 진안-무주 지역의 여러 군데 지질 명소가 함께 무주-진안 국가지질공원 지역으로 지정됐다. 지질공원은 인간으로서는 헤아릴 수 없는 지구의 오랜 생명 활동이 남긴 흔적을 보다 뚜렷하게 확인할 수 있는 곳이다. 지질학, 암석학, 고생물학 전문가의 설명을 들어도 쉽게 실감이 나지 않는 수억 년, 수천만 년 동안 지구의 생명 활동이 빚어놓은 시간의 무늬들이 지표면 위에 아로새겨져 있다. 이 무늬들 중 어떤 것은 전문가들만이 판별할 수 있는 게 있고 딱 보기에도 뭔가 범상치 않게 지구의 지각 활동을 여실히 보여주는 게 있다.

적상산(赤裳山)이 그렇다. 굳이 가을 붉은 단풍이 아니어도 산의 사면을 둘러싸고 있는 바위 절벽이 모두 붉다. 가까운 곳보다 조금 먼 곳에서 보면 더욱 뚜렷하다. 적상, 붉은 치마폭이란 이름은 시적 직유. 그 붉은 바위산과 푸른 하늘, 하얀 구름을 가만히 보고 있자면 절로 이 세상의 색과 풍경은 모두 자연이 낳은 것이고 인간은 그 일부를 빌려 쓰거나 모방하고 있을 뿐이란 생각이 들곤 한다.

무주가 낳은 문인 김환태가 1936년에 쓴 수필 「적성산의 한여름 밤」을 보면 '적성(赤城)'이란 명칭도 그 당시엔 함께 쓰였던 모양이다. 개인적으로는 이 명칭이 보다 직설적이고 역사적이란 생각이 든다.

험하고 단단한 산세와 1천 미터가 넘는 표고로 말미암아 오랫동안 이 산의 쓰임새는 산성으로 규정됐다. 이 산에는 고려조에 축성했다고 전해지는 산성의 흔적과 안렴대나 장도바위와 같이 당대의 상황을 짐작케 하는 명칭이 여전히 남아 있다. 지금도 적상산은 겨울만 되면 출입이 어려운 곳. 예전에는 오죽했겠는가. 침입자에게 여기 붉은 바위산은 난공불락의 성채였을 것이다.

조일전쟁을 겪고 난 뒤, 이곳에 왕조실록을 보관하는 사고(史庫)가 들어선 것도 이와 같은 천혜의 조건 때문이었다. 전쟁이 있기 전까지 한양, 전주, 성주, 충주 등 네 곳의 성읍에 사고를 뒀던 조선왕조는 전쟁 중 전주사고본 외에는 모두 소실되는 참화를 겪고 난 뒤 깊은 산중으로 사고를 옮기기로 결정한다. 한양 춘추관 외 태백산, 오대산, 강화도 마니산(이후 정족산), 묘향산에 사고를 뒀다가 병자호란을 당하고 보니 묘향산도 안전치 않다고 생각하여 묘향산 사고는 1610년 이곳 적상산 사고로 대체된다. 적상산은 그만큼 오지였고 그만큼 안전하다고 여겨졌다는 뜻이겠다. 이곳에 300년 가까이 봉안되었던 적상산사고본은 일제 강점기에 창경궁으로 이관되었다가 한국전쟁 중에 북한 측으로 넘어간 것으로 알려져 있다.

현재 적상산 정상부에는 당시 사고지를 복원해 두 동의 목조건물이 들어서 있고, 그 위에는 안국사라는 사찰이 있다. 기록에 의하면 태백산 각화사, 오대산 월정사, 강화도 전등사, 적상산 안국사의 승려들에게는 실록을 수호하게끔 사대사총섭(四大寺摠攝)이란 직첩이 내려졌다고 한다. 여기 안국사는 임진왜란 시기에는 호국 승려들이 모여든 곳이었다고도 하니 불법을 지키는 일, 기록을 지키는 일, 나라를 지키는 일까지…… 적상산은 무언가를 지키는 마지막 보루, 가장 높은 끝자리에 항시 서 있었던 셈이다.

현재 적상산에는 무주가 자랑하는 와인 동굴이 들어서 있고, 양수발전소가 생기면서 만들어진 거대한 인공 호수가 산정에 자리 잡고 있어 매우 이채로운 풍경을 빚어내고 있다. 오랫동안 인문 기록을 보관했던 역사적 훈김이 작용한 탓일까. 산 아래 자락 괴목 마을에서 초임 교사 생활을 했던 작가 박범신은 이곳에서 등단작 「여름의 잔해」를 탈고했고, 작가 이병천은 장편소설 『신시의 꿈』을 이곳에서 쓰기 시작했으며 작가 은희경은 『새들의 선물』을 안국사 선방에서 마무리했다.

고개, 오르막과 내리막 걷기

고개를 넘는다는 것은 산과 산 사이의 숨길, 바람길을 찾아 나서는 일이다. 바람은 지금 내 눈에 보이지 않으나 저 고갯마루를 넘나들고 있다는 믿음으로 뚜벅뚜벅 걷는 것이 고갯길을 걸어가는 자세.

가파르게 오르막길을 박차고 오르는 이는 내리막길도 비탈지게 내려오고, 천천히 걸어 올라가면 내려오는 길도 느긋하게 마중을 나온다. 한 걸음 한 걸음 내디딜 때마다 무게중심의 이동을 배우듯이, 우리는 고갯길을 넘으며 오르는 힘과 내려가는 힘의 분배를 배운다. 단박에 저울질하듯 내 삶의 균형을 금세 바로잡을 수 없다.

고갯길에 들어서면 그 길은 늘 이런 말을 건넨다.

'걸으면서, 쉬면서, 한 번은 하늘을 보고 한 번은 땅바닥을 쳐다보고 해야 오래 걸을 수 있다. 오래 걸어야 고갯마루에 올라설 수 있다, 고개 아래에는 무엇이 있을까, 궁금한 마음으로 두리번거려야 상처입지 않고 내리막길을 내려갈 수 있다.'

5. 내 마음속에서 뻗어나간 길

선사(先史)의 강, 역사의 길

강의 물길이나 땅위의 길이 모두 '길'이긴 마찬가지이지만 그 생성과 성장은 서로 다르다. 강은 지구의 탄생 이후 지각 변동을 반영한 물길의 유구한 흐름을 보여주고, 그 강의 흐름에 맞춰 성장해 온 인류 문명의 태동을 상징한다고 할 수 있다. 비교해 말하자면, 육상 '도로'는 문명 이후 인류가 걸어온 지난하고 장구한 역사를 담고 있다고 할 수 있다.

'물'에서 생명이 탄생했다고 한다. 물이 없었으면 대기층도 형성이 되지 않았고 지금 우리가 사는 초록별 지구도 없다고 한다. 뭉게뭉게 피어오르는 수증기 구름이 이슬이 되어 땅에 스미고, 옹달샘은 개울이 되고 강이 되어 바다로 흐른다. 생명의 근원이자 생명의 유역이 모두 물길을 따라 이어진다. 생명을 낳고 기른 이 물가에 초목과 짐승이 번성했고, 사람이 모여 군집생활을 시작하니 이른바 세계 4대 문명이란 것도 모두 강변에서 발생했다고 한다.

물길이 '생명으로부터 문명까지' 길을 잇고 밀고 왔다면, 그 문명의 길을 늘리고 넓힌 것은 인간의 몫이었다. 캐러밴과 수도승과 군인들은 사막을 넘고 산을 넘어 길을 뚫었으며, 바다 그 너머를 향한 인간의 꿈은 뱃길을 개척하기에 이르렀다. 지칠 줄 모르는 인간의 발걸음은 산과 들과 바다를 모두 휘젓고 다녔으니, 세상의 모든 길은 인간의 족적(足跡)에 의해 누천년 동안 다져진 '살아 있는 역사의 화석' 같은 것이라고 할 수 있다.

물길은 언제나 구도적이다

물길은 늘 흐르지만 언제나 변화무쌍했다. 한 방울 이슬이 모여 난바다 큰물이 되었다가 다시 비구름으로 쏟아진다. 변하지 않는 변화의 거대한 물결. 자정(自淨)과 재생(再生)의 사이클을 보면서 인간들은 세차게 흐르는 것과 멈춰 고여 스스로 맑아지는 것이 서로 다르지 않다는 것을 배웠고, 어떤 장애물을 만나든 스미거나 휘감아 빠져나가면서도 그 본모습을 잃지 않는 것에서 경이로움을 넘어선 생의 철리(哲理)를 엿보기도 했다.

'인자요산 지자요수(仁者樂山 智者樂水)' 혹은 '상선약수(上善若水)'라는 말에는 오랜 관찰과 사유의 흔적이 깊이 배어 있다. 어진 사람은 억만년 부동심을 지닌 산의 모습을 그리고, 지혜로운 이는 반짝이며 출렁이는 수면 그 아래 무거운 침묵으로 일관하는 수심의 깊이를 따라 삶과 죽음, 반영과 반성, 가라앉는 일과 다시 떠오르는 일을 생각한다는 것.

마음에 강물이 흘러, 그 물줄기를 따라 세상을 한바탕 주유하다가 마침내 명경지심에 이르는 일은 얼마나 어려운가!

지혜란 얻기 힘든 삶의 광채 같은 것. 물빛에 너울너울 일렁이는 윤슬을 보고자 한다면 산란스럽게 출렁이는 물무늬, 새벽별 물안

개와 이슬 젖은 초승달을 피하지 않아야 하는 것. 이처럼 강물에는 전 지구의 생애와 문명이 탄생하는 시간의 흐름이 함께 담겨 있고, 바다와 강물이 만나는 기수역(汽水域)에서는 연어가 생사를 건 헤엄을 치는 동안 물풀은 그저 한가롭게 흔들린다. 생명의 유구한 내력과 찰나 엇갈리는 삶의 풍경들. 그 항상(恒常)의 변주를 보고자 한다면 강가로 갈 일이다.

발원에서 유역까지, 유역에서 다시 발원으로 물의 생애는 늘 근원을 생각게 만든다. 이처럼 물을 바라보는 일은 구심적이니, 그 물을 그윽히 바라보는 사람의 눈길 또한 구도적일 수밖에 없다.

개여울과 개땅쇠라는 말

개여울이라는 말이 있다. 국어사전을 펼쳐 찾아보면 '개울의 여울목'이라는 자기지시적 동어반복만이 드러날 뿐이다. 약간 깊긴 하지만 사람이 헤엄쳐 건널만한 정도의 폭을 가진 개울, 작은 소용돌이 속을 빠르게 헤엄쳐 빠져나가는 피라미, 물결 따라 찰랑이는 물풀과 같은 연관 이미지를 떠올리고 그 의미망을 채우는 것은 개인의 상상력이다.

'개'는 서울 삼개[麻浦], 김제 불개[火浦]에서 그 쓰임을 찾아볼 수 있는 '포구'의 순 우리말이다. 시원한 물 흐름을 연상케 하는 강, 시내와는 다르게 물이 모여드는 곳이란 어감을 담고 있고 합수(合水), 유역(流域), 삼각지와 같은 단어를 인접 거리에 두고 있다. 갯들, 갯가, 개펄, 갯나루, 갯고동과 같은 단어는 지금도 많이 쓰인다. '여울'은 작으나 물회오리도 일어나고 큰 바위나 자갈을 만난 물결이 출렁이며 물무늬를 그리는 곳을 말한다. 이런 곳에서는 물이 우는 소리가 들리기도 한다고 한다. 거침없이 달려가는 물결을 두고 여울이라고 하지는 않는다. 회수(回水), 회류(回流), 와류(渦流) 등의 느낌을 담은 곳이 여울이다.

개여울이란 실낱같이 흩어진 몇 개의 물줄기가 합해지고 또 갈라지는 여울목, 강바람은 불어오는데 물 우는 소리는 끊이지 않는 곳. 이 물은 어디서 와서 또 어디로 흘러가는가, 절로 생각하게 만드는 제방 등을 모두 포함하는 의미망을 갖는 말이라고 할 수 있다. 이러한 여울목의 이미지는 단종을 여의고 돌아서는 왕방연의 시조나 김소월의 시 「개여울」, 그 시를 노래한 정미조나 아이유의 노래를 통해 더욱 강화되었다. 내 마음은 지금 몇 갈래로 나뉘어 흐르는가, 어디로 가는가, 스스로 침잠하는 장소!

개인의 내면 들여다보기와 같은 내포적 의미 외에도 개여울이란 단어에는 농경시대의 흔적이 담겨 있다. 전라도 사람을 지칭하던 별호와 같았던 '개땅쇠'라는 말이 그것이다. 일차적으로는 '갯가 땅에서 농사짓는 장정' 정도의 뜻을 지니지만, 좀 더 확대하면 물과 땅, 햇볕과 바람을 거느리고 들판에서 생명을 기르고 건사하는 들사람[野人]의 이미지가 나온다. '개땅쇠'는 땅과 생명, 순리의 편에 서 있는 사람을 말한다. 죽임과 불의에 반대하고 저항하는 이가 곧 개땅쇠들이다. 개땅쇠의 정신은 심산유곡에서 출발하여 너른 바다에 이를 때까지 어떤 난관을 만나더라도 끝까지 타고 넘어가고 메마른 들판 구비 구비 낱낱이 적시고 스며들어 그곳에 생명의 꽃이 피게 만드는 개여울의 성질을 인격화한 말이라고 할 수 있다. 개땅, 갯들의 사람은 물과 땅, 사람의 조화를 늘 생각하게 해주는 말이다. 요즘 개땅쇠라는 말을 쓰는 사람은 거의 없다. 농경 시대가 저물었기 때문이다. 그런다고 갯땅이 사라지는 것은 아니다. 갯들은 여전히 존재하며 인간이 떠난 그 자리를 새와 물고기, 수생 식물의 터전으로 또 바꿔놓을 것이다.

인간의 마음은 가없이 뻗어나간다

길은 한 점에서 다른 점으로 분기하고 팽창한다. 역사 이래 그 무한 팽창은 이제껏 한 번도 그치지 않았다. 근력과 동력으로 산을 넘고 물길을 만들고 하늘길을 개척한 인간들은 이제 상상계와 현실계 사이에 IT 기술을 바탕으로 새로운 도로망을 건설하기 시작했다. 우주에도 길을 내려고 하는가 하면, 광속으로 소통하는 무선통신망과 인터넷 고속도로를 구축했다.

인간의 욕망, 인간의 상상력이 닿는 곳마다 새롭게 당도해야 할 목표 지점이 발생한다. 지금 우리가 서 있는 곳으로부터 우리가 꿈꾸는 지점까지 선을 대고 그으면 그게 곧 길이 된다. 하여, 길의 역사는 곧 인류 욕망의 역사라고 할 수 있다.

'지도 바깥으로 행군하라'는 한 여행가의 외침은 동서고금 모든 인류의 부르짖음이라고 할 수 있다. 인간이란 자신의 팽창욕을 현실화시키려는 욕망에 허덕이는 존재이다. 이런 점에서 인간은 이제껏 한 번도 길을 잃은 적이 없다고 할 수 있다.

인류에게 세상의 길은 딱 두 가지만 존재해왔다. 눈앞에 현존하는 길과 곧 개척되어 새롭게 드러날 길!

지평선 소실점 너머로 떠나든, 떠났다가 다시 회귀하든, 이와 같은 인류의 이동 욕구는 늘 분출되었다.

임진년 조선을 침공한 일본군의 침략 명분은 '명을 치고자 하니 길을 빌려 달라'는 것. 그 단순한 폭력성에 담긴 팽창 욕구는 명료하기 짝이 없다. 전쟁의 역사는 대부분 이처럼 길을 두고 싸운 것들로 이루어져 있다. 길의 치리(治理)를 두고 다투던 인류는 언젠가부터 길의 이치[道理]라는 형이상학적 논쟁을 벌이게 되었지만, '지금 나로부터 내가 꿈꾸는 지점'까지 자신의 길을 밀어붙이는 양상은 크게 다르지 않다.

길은, 길에 나서는 일은, 이렇게 '나를 확장하는' 일에 다름 아니다. 세계 방방곡곡을 배낭여행하는 것은 더 큰 삶의 반경이 간절한 탓이요, 둘레길 올레길을 찾는 것은 내면의 사색이 더욱 절실하게 요청되기 때문이다. 뒷산을 오르거나 천변을 산책하는 일 또한 '재충전'으로서 시간이 필요한 까닭.

구심력과 원심력

근원과 유역을 살피는 마음으로 우리가 강변을 찾는다면, 우리는 언제나 '길'을 찾기 위해 길에 나선다. 이는 수학 용어 '스칼라'와 '벡터'처럼 밀접한 연관 속에서 함께 일어나는 일이라고 할 수 있다. 우리에게 주어진 삶의 제반 총량을 측정하고 나면 내가 힘주어 나아가야 할 방향이 보다 또렷해진다.

나를 확장하는 일이란 결국 구도적인 행위일 수밖에 없다. 컴퍼스는 먼저 도근점을 분명히 한 뒤 목표점까지 다리를 벌리는 것으로 제 삶을 스스로 규정한다. 한강, 낙동강, 금강, 섬진강, 만경강, 그리고 동진강. 삼남대로, 통영대로, 1번 국도, 둘레길, 마실길, 그리고 순례길. 나는 나를 존재하게 한 생명의 강을 따라 걷고, 선각자들이 먼저 걸은 길을 따라 나선다.

긴 흐름에서 보면 삶은 늘 여행과 같고 낱낱의 '나'는 모두 개별적인 동시에 집단적인 순례자에 다름 아니다. 나는 어디서 와서 어디로 가는가. 어떻게 왔으며 어떻게 살 것인가. 우리 삶을 지탱할 원칙이나 가치를 고민하는 날이 더 많아지고 있다면, 시대가 혼란스럽거나 내가 혼란스러운 것.

걷는 길이 나를 말해준다

이동의 주요 수단이 두 다리에서 타이어로 바뀌고 난 뒤, 오히려 사람들은 더 많이 걸으려고 애를 쓴다. 티벳의 성지 순례, 스페인의 산티아고 길, 일본의 고야산 보도와 같은 '길'을 구축하기 위해 애를 쓰는 지자체나 민간 활동 기구도 늘어나고 있다.

둘레길이나 올레길은 그중 대표적인 성공 사례라고 할 수 있다. 각기 지리산과 제주도라는 천혜의 '하드웨어'를 '걷는 일'에 적절히 접목하여 성공한 경우라고 할 것이다. 부안 마실길 또한 마찬가지이다. 해변 이에 접한 변산이라는 천혜의 조건이 걷는 즐거움을 배가시킨다.

이와 비슷한 맥락에서 삼남대로, 관동대로, 문경새재 옛길과 같은 역사적 길을 복원하는 일도 적극적으로 시도되고 있으며 호응도도 높은 편이다. '길'이 갖는 역사성이 도보여행자들에게 '역사 속으로의 여행'이라는 느낌을 주기 때문일 것이다. 섬진강의 발원인 데미샘에서 물줄기를 따라 광양, 하동까지 걷는 경우도 있다. 생명의 유구한 내력을 따라 걷는 길이 아닐 수 없다.

우리는 내가 걷는 길을 어떻게 선택하느냐에 따라 자연 속에서의 재충전, 역사 테마 기행, 생명 기행을 하게 된다. 종교적 순례길을 걷는다면 명상과 역사 속으로 걸어 들어가는 일이 될 것이다. 어떤 길이든, 걷는 일은 소중하다.

왜 인간에게 두 다리가 있는지 흙과 바람, 햇빛과 구름 속으로 걷는 일은 우리 인류가 분명히 자연의 일부임을 깨닫게 해주는 중요한 계기가 되기도 한다. 할머니들이 마실 장터 나가는 길을 뒤따라 걷다보면 자연스럽게 할머니의 삶의 내력을 내 두 다리로 이해하게 된다. 무엇보다 내가 내 두 다리로 내 삶을 다지고 있으며, 내의지로 누군가를 만나러 가는구나 하는 점을 분명히 인식할 있다.

내 삶의 주인은, 내 두 다리의 주인인 '나' 자신이며, 다른 이를 만났을 때 '우리'가 되고, 자연의 일부임도 더욱 강렬하게 깨닫게된다.

걷기를 통한 삶의 자각, 당장 오늘부터라도 시작해볼 일이다.

2부

순례, 길 위의 열망

여기의 글 다섯 편은 '순례길'의 반쪽 답사기이다. '비매품'으로 발간된 『아름다운 순례길』이란 길잡이 책자가 있는데, 그곳에 수록된 이 원고만큼 내가 걸었고 그 이후로 이어지는 길은 박성우 시인이 걷고 글로 썼다. 서로 다른 길을 걸었으니 글도 다르다. 서로 다른 길을 걸었지만 비슷한 시간 함께 순례를 했다는 점에서 우리 둘의 글은 하나로 이어지고 있다고 믿는다. 언젠가 성우 시인이 그쪽 길에 관한 책을 내리라 기대한다. 한창 작업이 진행될 때 성우 시인이 벌에 쏘여 크게 고생했던 일이 떠오른다. 내가 그쪽 코스를 맡는다 할 것을…… 오랫동안 미안했다.

1. 느바기, 걷는 사람들

길은 움직이는 인간들이 만든다

세상에는 참 많은 길들이 있다. 산길, 들길, 마을길처럼 우리가 일상에서 쉽게 접할 수 있는 길 말고도 하늘길이나 물길처럼 분명히 존재하되 잘 보이지 않는 길들도 있다. 인류가 앞으로 더 번창하고, 또 끊임없이 이동할 때마다 앞으로도 새로운 길은 지속적으로 개척되거나 개발될 것이다.

'길'이란 인류의 오랜 역사가 이 지구상에 그려놓은 나이테 같은 것이라고 할 수 있다. 인류의 생존과 탐색, 변화의 모든 역사를 몸으로 증거하고 있는 길은, '살아있는 고고인류학의 현장'이라고 해도 틀림없다. 골목길과 마실길의 내력에는 공동체의 생성과 변화가 담겨 있고, 철도와 고속도로는 이 땅에 불어 닥친 문명사의 충격과 그를 감당한 우리의 반응에 의해 나타난 결과물이라고 할 수 있으며, 해로(海路)에는 바다를 향한 인간의 열망과 그만큼의 희생이 밀도 높게 출렁인다. 결국 길이란 자연 위에 인간이 그려놓은 작품이다.

지구가 생긴 이래 세상의 지형지물엔 큰 변동이 없었다. 태초에는 지금과 같은 길은 없었다. 그저 산과 계곡, 강과 바다와 하늘이 있었을 뿐, 그 틈새에 날짐승과 길짐승들이 제 힘만으로 몸을 밀고 나가 조금씩 조금씩 길을 만들어 갔을 뿐.

지구상의 생명체중 가장 번다하게 움직이는 인간들이 역사의 전면에 등장하면서, 인간들의 통행을 위한 길이 하나씩 하나씩 인류사에 드러나기 시작했다. '모든 길은 로마로 통한다'라는 말을 낳았던 압피아 포장도로, 동서 문물이 교차하던 '실크로드', 사하라 사막을 횡단하던 베두인의 길과 같은 고대 도로에서 '오리엔탈 특급'이나 '시베리아 횡단열차'와 같은 최근 철로는 물론 '산티아고 순례길'이며 올레길, 지리산 둘레길까지.

인간은 지형지물과 때로는 대화하고 때로는 제압하는 방식으로 길을 놓았다. 이처럼, 길이란 움직이는 인간들에 의해 만들어진다. 늘 움직이는 인간들과 그 인간의 욕구나 필요에 의해 새롭게 만들어지는 길. 사람들은 늘 길을 찾는다. 삶의 반경을 더 먼 곳으로 확대하기 위해서, 다시 돌아오기 위해서. 더 먼 곳이 궁금해서 사람들은 길 위에 선다.

호주의 원주민 에버리지니들은 자신들의 세계를 노래로 기억했다. 산과 계곡, 바위와 나무에 이름을 붙여주고 그 이름들을 노래로 부르며, 자신의 선조들로부터 배운 노래를 흥얼거리며 처음 가보는 낯선 길을, 전혀 낯설지 않은 듯이 걸어 나갔다. 노래의 길 위에 실제로 존재하는 세상의 길을 중첩시킨 그 길을 지금 우리는 '송라인(Song line)'이라고 부른다. 노래로 이어진 세상의 길, 대를 이어 전해지는 노래, 노래로 만들어진 지도, 노래 속에서 완벽해지는 길. 이런 점에서 '길을 찾는다[求道]'라는 말은 형이상학적이기

이전에 실용적인 의미로 쓰인 말이라고 할 수 있다.

함께 만들어 가는 순례길

2009년, 그동안 세상에 없던 길이 새롭게 우리 앞에 나타났다. '아름다운 순례길'이다. 처음 발의를 한 종교 지도자들과 여러 전문가들이 모여 함께 그린 것이다. 그렇다고 해서 이 길이 신작로 개통되듯이 새롭게 건설된 것은 아니다.

이전부터 존재했던 문화역사적 풍광들을 하나하나의 '점(點)'이라고 한다면 그 점을 연결하는 '선(線)'의 연속으로 이 길은 그려진 것이다. 처음에는 몇몇의 머릿속에 점이 떠올랐고, 그것이 지도 위에 몇 갈래의 가느다란 선으로 그려졌고, 그 길 위에 나선 이들의 발자국이 그 산과 들에 찍히면서 마침내 이 길은 세상에 드러났다. 앞으로 더 많은 이들이 찾을 때마다 이 길은 더 넓어지고 더 많은 사연이 발견되고 걷는 자들의 사연이 쌓이는 길이 될 것이다. 하나의 길은 이렇게 태어나고 성장하는 것이다.

길을 걷는다는 것, 순례를 한다는 것, 여행을 한다는 것은 어떤 면에서 낱낱의 구슬을 하나로 꿰는 작업과 같다고 할 수 있다. 보이지 않는 끈이 있다. 그걸 여행의 목적이라거나 순례의 의도, 혹은 이 '순례길'의 설계된 코스라고 하자. 그 끈에 하나씩 하나씩 구슬을 찾아 꿰어 넣는 것은 또 다른 일이다. 이 책은 각 코스별로 살펴봐야 할 곳, 생각해야 할 것들을 소개하고 있지만, 그야말로 소개일 뿐이다. 이 길 속에서 자신만의 소중한 구슬을 찾는 일은 각각 순례자인 여러분, 느바기('느'리고 '바'르고 '기'쁘게 걷는 이)들의 일이다.

길을 나선 이들이 만나게 되는 그 모든 길섶마다 여의주와 같은 구슬이 숨겨져 있는 것은 아니다. 길을 걸었을 당시에는 보물이라고 생각했지만, 돌아와서 보면 하잘 것 없는 돌멩이를 주워오는 일도 허다할 것이다. 내가 길을 나서기를 기다려, 하늘도 땅도 거기 사는 사람들도 최적의 상태로 나를 맞이할 준비를 하고 있는 것도 아니다. 잔뜩 비가 내려 질척질척한 웅덩이가 곳곳에 도사리고 있을 수도 있고, 불친절을 넘어 적대적인 주민들을 만날 수도 있다. 세상은 그런 것이다.

그럼에도 불구하고, 이 길을 걸어봐야 하겠다, 하는 이들이 이 책을 펼치고 끝까지 읽어가게 될 것이다. 이런 점에서 '순례길'은 직접 걸었을 때에만 비로소 의미 있는 길이 된다.

순례길에 자발적으로 나선다는 것. 세상의 어느 길이든 누가 등 떠밀어 걷는 경우는 없지만, 이 순례길 만큼 자발성이 중요한 길도 없다. 올레길이나 둘레길을 비롯해 각종 지방자치단체에서 앞 다투어 개발하는 대부분의 길은, 눈에 뚜렷하게 보이는 하드웨어(제주도, 지리산 등)가 분명하게 존재한다. 하나의 코스를 걸으면 1/n 만큼 걸었다는 충족감을 모자람 없이 안겨준다. 하지만, '순례길'은 다르다.

하나의 풍경을 만나고, 거기서 몇 걸음 더 걸어가 만나게 되는 풍경 사이에서 쉽게 연관성을 찾기 힘든 경우가 많다. 그런 면에서 순례길은 불친절한 길이라고도 할 수 있다.

내가 왜 이걸 본 뒤에 저걸 봐야 하는 것이지? '이 풍경'과 '저 풍경' 사이에는 깊은 심연이 존재한다. 이 길의 순례자를 느바기라고 부르는 이유가 바로 여기에 있다. 걷다가 천천히 생각해야 하는 것이다. 혹은 뒤돌아봐야 하는 것이다. 느리게, 천천히, 다시 한 번.

이 길을 머릿속에서 지도 위로 옮긴 최초의 설계자가 4대 종단 지도자들임을 상기할 필요가 있다. 서로 다른 교리와 수칙을 가진 종교인들이 모여 각 종단이 중요하게 생각하는 '영혼의 지점'들을 모으고 그 지점과 지점을 연결했다. 종교와 직접적 연관은 없지만 역사문화적인 풍광과 자연이 빚은 절경들을 그 코스 안에 포함시켰다. 말하자면, 이 길을 처음 설계한 이들이 그린 청사진은 이 땅이 보유하고 있는 수많은 유적에 대한 답사 제안서라고 할 수 있다. 당연히 거기에는 가봐야 할 곳이 차고 넘친다.

그 설계도를 받아들고, 한 지점과 다른 지점 사이에서 연관성을 찾는 것이 일반인인 우리에겐 쉽지 않다. 이에 대해 설계자들도 친절한 설명을 해주지 않는다. 이 길이 안고 있는 이와 같은 불친절성이 바로 이 길의 정체성이다. 이 길을 걸으며 이 길이 우리에게, 아니 나에게 무슨 의미가 있는 것인지 스스로 찾아 나서라는 것, 그것이 이 길을 처음 설계한 이들의 숨은 뜻이라고 할 수 있다.

길을 나서는 우리에게는 하나의 끈이 주어졌을 뿐이다. 그 끈에 여러 개의 구슬을 꿰고 이어 붙여 결국 아름다운 구슬 목걸이로 만드는 것은 순례자인 느바기들이 해야 할 일, 느바기만이 할 수 있는 일인 것이다.

나는 왜 걷는 것인가? 나는 왜 여기 있는 것인가? 내 앞에 있는 저것은 나에게 무슨 의미가 있는 것인가? 스스로 묻고 답하며, 한 걸음 한 걸음 옮기는 길이 '순례길'이다.

거듭, 여기 '순례길'은 지금도 수없이 조성되고 있는 도보 여행길과 많이 다르다. 육체를 단련하기보다 영혼을 담금질해야 하는 길이며, 눈앞에 보이는 풍경을 '보는 것'보다 그 풍경이 들려주는 이야기를 '들어야' 하는 길이다. 풍경이 들려주는 이야기를 듣고, 그걸 마음속에 하나의 이야기로 새롭게 간직하기 위해선 천천히, 또 천천히 걷고 멈춰서야 하는 길이다.

길에 스며있는 사연들

세상에 존재하는 수없이 많은 곳들을 '공간(space)'과 '장소(place)'로 구분하여 부르자고 하는 이들이 있다. 내게 의미 있는 곳이 '장소'이고, 우리의 삶과 긴밀한 연관을 갖게 될 때 그 장소는 '장소성'으로 가득 찬다는 것이다. 익명으로 존재하던 하나의 공간이 '장소성'을 획득하려면 거기에는 이야기(narrative)가 존재해야 한다. 호주의 에버리지니들이 자신들 앞에 광활하게 존재하는 공간을 노래로 채워 자신들만의 길로 만든 것처럼. '길'은 하드웨어라기보다 소프트웨어이며 휴먼웨어이다. 그 길 위에는 '마치 처음부터 거기 있었다는 듯이' 존재하는 풍경들이 놓여 있다. 처음부터 곧이 곧대로 거기 존재하고 있었던 풍경이란 없다. 세상의 그 무엇이라도 시간의 손을 거치게 되면 변형되게 마련이다. 생노병사 춘하추동, 인간도 우주의 공간도 모두 시간 속에서 그 모습이 변해간다.

그럼에도 불구하고, '마치 처음부터 거기 있었다는 듯이' 존재하는 것들이 또한 존재한다. 여러 겹의 시간들이 보이지 않게 보호막을 치고 있는 풍경들이 그렇다. 시간 속에서 낡고 삭았지만 그러면 그럴수록 더욱 더 의젓하게 나이 든 것으로 보이는 풍경들. 길을 걷는다는 것은 그 풍경 속으로 걸어 들어가는 것이다. 하나의 공간을 겹겹이 둘러싸고 있는 시간 속으로 걸어 들어가는 것이 곧 순례이다.

하나의 지명, 하나의 절과 교회에는 그곳이 '마치 처음부터 거기 있었다는 듯이' 보이게 만드는 사연, 시간이 빚어놓은 사연들이 존재한다. 집안에서 편하고 족한 이들이 길에 나설 까닭이 없다. 사연을 간직한 이들이 사연을 찾아 나서게 마련이다. 인간을 인간답게 만드는 것은 기억이라고 하는 이들이 있다. 내가 어디에서 왔는지 기억하고 있어야만 내가 앞으로 가야할 길을 잊지 않는다고도 한다.

우리 앞에 나타나게 되는 저 많은 풍경들은 어떤 기억을 품고 있는 것이며, 그 풍경 앞에 선 나는 어떤 기억을 안고 또 어떤 기억을 만들기 위해 여기에 서 있는가?

순례의 길이란 선각자와 순교자들에 대한 기억을 따라 걷는 길이면서, 그 역사문화적 풍경과 대화하려고 하는 이들이 대화를 주고받는 길이라고 할 수 있다. 이 길은 이와 같은 대화 속에서 존재하며 빛이 난다. 기억이 '지금 여기' 우리의 존재를 탄탄하게 해주는 것이라면, 그 과거를 보존하여 미래에 인계하는 것은 현재를 살아가는 자들의 몫이다.

길을 걷는다는 것은 이처럼 과거에서 미래로 이어지는 길을 걷는 것인지도 모른다. 길 위의 나를 스스로 기꺼워하며 시간 속으로 걸어 들어가, 그곳에 의미 충만한 자신의 공간을 새롭게 구축하는 길. 길을 걷는다는 것은 곧 그 길에 대한 기억을 존중하는 것, 그 기억 속으로 걸어 들어가는 나를 존중하는 것이다. 자, 이제 나로부터 나를 향한 걷기를 시작하자.

2. 역사를 따라서 걷기

길의 뿌리, 풍남문

누구나 자신의 마음 깊은 곳에 가슴 설레는 단어들을 몇 개씩은 갖고 있다. 내게는 '도근점(圖根點)'이라는 말이 그렇다. 지도 같은 것을 그릴 때, 동서남북을 분할하는 중심 좌표가 도근점이다. 사진을 찍거나 그림을 그릴 때 화면을 9분할하는 일은 종횡이 교차하는 4개의 도근점을 먼저 찍어야 가능해진다. 순례길의 경우, 1~9코스가 시작되고 갈무리되는 각 지점이 이러한 도근점에 해당한다.

언제부턴가 나는 이 단어를 도근점(道根點)으로 오독하기 시작했다. 길이 시작되는 곳, 길이 뿌리내린 곳. 내 가슴을 뛰게 하는 '도근점'이란 단어가 주는 울림은, 오독이 만들어낸 감동이라고 할 수 있다. 이처럼, 굳이 오독을 고집했던 이유는 도로원표(道路元標)라는 말이 너무 무미건조했기 때문인지도 모르겠다. 어쨌든 나는 낯선 도시에 들어설 때마다 내가 흘러들어가는 이 길이 마침내 멈추는 곳, 그리고 또 다시 활기찬 분기가 시작되는 곳을 찾으려고 애쓰는 편이다.

순례길은 '전주 풍남문'에서 출발한다. 이 순례길의 첫 도근점,

떠나서 마침내 돌아와야 하는 자리가 바로 이곳인 것이다.

풍남문 앞에서 여장을 꾸리며 나는 생각한다. 왜 하필 이곳인가. 왜 이 자리를 출발점으로 삼았을까. 이 순례길을 처음 구상하고 설계한 이들도 스스로 자문했을 것이다. 어디가 우리 순례길의 출발점이어야 하는가?

시점(始點)이 곧 시점(視點)이다. 왜 이 자리가 출발점인지 이해하는 것이 '순례길' 전체를 이해하고 조망할 수 있는 지름길일 수도 있다. 이 순례길은 어떤 기획으로 우리 앞에 나타났는가?

좌우 성벽을 대부분 잃은 채, 이제 두 입술을 앙다물고 있는 풍남문을 보고 있노라면, 동물원 철창 안에 갇힌 호랑이가 떠오를 때가 있다. 한때 시베리아에서 만주벌판과 백두대간을 벼락같이 종횡무진 하던 호랑이가 숫제 살아있는 박제 취급을 받으며 하나의 구경거리로 전락한 것처럼, 풍남문은 지나가버린 한 시대의 앙상한 잔해로 저기 간신히 버티고 서 있다.

지금은 이런 사실을 중요하게 생각하는 이들이 거의 없지만, 삼국시대-고려-조선으로 이어지던 지난 왕조 시절 내내 한반도는 성읍(城邑) 국가였다. 20세기 초까지만 해도 한반도 곳곳의 주요 요충지는 모두 성곽으로 보호되고 있었다. 조선왕조의 도읍지였던 서울도 그렇고, 정조가 신축한 수원화성도 그렇지만 이곳 전주 또한 천년 이상 겹겹의 성벽으로 둘러싸여 있었던 성시(城市)였다.

단단하고 커다란 집, 내가 이 성벽을 통해 보호받는다는 느낌을 주는 곳. 외침에 대한 방어의 역할 외에도, 성벽 내부에 있는 사람들에게 확실한 소속감과 안도감을 안겨 주는 곳이 성이었다. 사대문 안에서 생활한다는 것은 거주 자격을 갖춘 계층이 당대의 질서와 생활 방식에 순응하며 살아간다는 것을 의미했으며, 성 밖에서 살아가는 사람들에게 성 안 사람은 부러움과 질시의 대상이었을 것이다.

여기 전주성은 견훤이 후백제 건국을 선포했을 때는 왕성(王城) 이었고, 경기전과 전주사고가 건립되던 시기에는 왕조의 발상지로 특별하게 관리되던 곳이었다. 정유재란 당시 일본군에게 전주성이 함락되었다는 것은 호남 최대의 군사적 거점과 병참을 상실했다는 것 이상의 충격을 줄 수밖에 없었다. 전주성이 무너졌다는 것은 호남 전체가 무너진 것이나 마찬가지였으며 조선의 사직이 바람 앞의 촛불처럼 위태롭다는 뜻이었다. 1894년 동학군이 전주성을 점령하고 집강소를 설치했다는 것은 오래된 왕조의 요새가 함락되었다는 의미와 함께, 당시 사람들에게 '우리는 무엇을 지키고 버려야 하는가?', 마음 밑바닥부터 흔들리는 혼란스러움과 새로운 각성을 안겨줬다는 것을 뜻한다. 1906년 일제 통감부의 철폐령에 의해 동문, 서문, 북문은 모두 헐린 상태에서 모질게 혼자 살아남은 저 풍남문은, '천년 전주'가 겪은 영광과 상처를 모두 집약하고 있는 상징물이 아닐 수 없다.

동양의 오랜 왕토(王土) 사상이 낳은 결과, 남쪽으로 난 길이나 대문(주작대로, 숭례문 등)은 왕화(王化)가 백성을 향해 뻗어나가는 것을 의미한다. 한 나라 임금의 상징적 좌표는 늘 남면(南面)하고 있는 북극성(北極星)이었다. 신민들은 북대(北對)할 따름이었다. 전주 이남의 모든 신민은 저 풍남문 앞에서 저 먼 북쪽의 임금을 향해 머리를 조아렸던 것이다. 풍남문은 전주에 현신한 왕조의 위풍당당한 수문장이었다.

그랬던 풍남문이 이제 빗장의 기능은 모두 상실한 채, 간신히 고 건축물로서의 가치만 간직하고 있을 뿐이다. 이런 게 시간이고 역사다. 과거는 돌이킬 수 없고 왕조도 가뭇없이 사라졌지만 '풍남문'은 남았다. 흘러간 것은 흘러간 대로, 남은 것은 남아 엄연한 자취.

지난 100년 동안 한반도가 겪은 변화는 그 이전의 천년, 이천년 시간을 모두 합해 놓은 것과 맞먹을 정도로 압축적인 격변의 연속이었다. 그 돌연하고 엄청난 변화가 휘몰아친 전주의 100년을 저 풍남문이 침묵으로 웅변하고 있는 것이다. 한때 왕조의 정치, 문화, 물류, 교통의 중심지였던 전라도의 중심도시, 전주의 상징물이었던 풍남문은 옛 영화를 모두 다 상실한 대신, 이제 시대가 변화했다는 것을 제 몸으로 증언하고 있다. 옛 시대의 아이콘으로 제 역할을 바꾸고 있는 것이다. 풍남문 반경 내에 함께 어깨 겯고 있던 것들도 풍남문과 그 운명을 같이하고 있다.

전라도를 호령했던 전라감영 자리에는 '복원'이라는 이름으로 텅 빈 대청들이 들어서 역사의 공백을 역설적으로 증거한다. 한때 전주의 상징처럼 여겨졌던 다가동파출소 근처 표구점 골목. 운치 높게 고서화를 배첩하던 그 자리는 '웨딩 타운'에 물려주었고, 남부시장과 용머리고개 또한 예전의 성망을 되찾기는 좀처럼 어려울 것으로 보인다. '미원탑'의 기억과 함께 전주 번영의 상징처럼 여겨졌던 팔달로도 이제 사통팔달(四通八達)을 호언하던 때를 지나 그저 구도심을 상징하는 도로의 하나로 위치가 내려앉았다. 이렇게 풍남문과 풍남문 주변의 풍경들은 제 몸으로 역사가 되는 중이다.

그 많던 표구점들은 다 어디로 사라진 것일까? 의아하지만 '완판본'과 '다가서포'가 사라진 것처럼 한 시대의 문물은 시대와 함께 운명을 같이 하며 역사의 뒤안길로 스러진다. 그렇다고 서러워하거나 아쉽게 여길 필요는 없다. 그렇게, 또 새로움이 시작되는 것이다.

돌과 흙과 나무로 이루어진 구조물이었으나, 시간 속에서 차츰차츰 역사적 생명을 획득한 존재가 지금 여기 서 있는 풍남문이다. 변화의 결과로 쇠락했으나, 그 쇠락의 시간을 견뎌낸 탓에 또다시 전주의 새로운 변화가 시작되는 것을 목격하는 자리에 서게 된, 시간이 빚어낸 '역사적 인격', 풍남문.

길을 걷다 보면 때로, 내 몸 전체가 바람 같은 것에 의해 관통당하거나 내 몸이 무엇인가를 꿰뚫고 지나간다는 느낌을 받는 순간이 있다. 그때마다 나는, 내가 보이지 않는 어떤 시간층을 통과하고 있는 것이라고 여겨왔다. 풍남문 앞, 나는 떨리는 마음으로 신발끈을 다시 조여 맨다.

전통과 현대, 경기전과 전동성당

풍남문 앞에서 팔달로만 건너오면 거의 동시에 눈에 들어오는 건물이 경기전과 전동성당이다. 그 사잇길 '태조로'를 따라 이어지는 한옥마을에는 끊임없이 사람들이 물결치는 것 또한 눈에 들어온다. 맛있는 국수나 팥빙수를 찾아서, 작은 공예품 공방에 머무는 눈길을 따라 걸음도 멈출 때, 사진 찍기 좋은 곳에 발길이 들어서는 자리, 곳곳마다 그 여행객을 응대하기 위해 또 사람들이 움직인다. 쉬는 법이 없다. 이 거리에는 천년 전에도 이와 같이 사람들이 지나다녔을 것이다. 때로는 사람들이 북적거렸을 것이고 때로는 한적하기도 했겠지만, 이 거리가 지속적으로 사람들이 오가고 사람들이 서로 만나는 자리였음에는 지금과 별 다름이 없을 것이다. 다만, 옛 사람들은 시간 속에 스러지고 지금은 우리가 그 자리에 서 있는 것일 뿐.

역사란 이렇게 흘러가는 사람들의 물결을 총칭일 터. 사람들의 자취가 가뭇없으니, 역사의 흔적을 좇는 우리 눈길은 시간의 풍파를 견뎌낸 건축물에 머물 수밖에 없게 된다.

경기전의 주춧돌이 저기 놓인 지 어언 600여 년, 전동성당도 어느새 100년 넘게 저 자리를 지키고 있다. 100년이 넘는 시간을 같이 하며 이제 함께 늙어가는 친구처럼 보이지만, 처음 저곳에 전동성당이 처음 들어섰을 때는 그 풍경이 그리 조화롭게 보이진 않았을 것이다. 태생이 서로 달랐기 때문이다.

경기전은 조선의 창업자인 태조 이성계의 어진을 봉안한 곳이다. 태조 사후 3년, 그의 아들 태종은 이곳 전주에 아버지의 초상을 모셨고 그때부터 전주는 태조의 영혼과 위광, 조선조의 출발을 상징적으로 기리는 도시가 되었다. '전주 이씨'의 관향에 들어선 경기전은 지방에 있는 작은 종묘나 마찬가지였던 셈이다. 감히 왕조의 본향인 이곳에서 왕조의 신성, 정통성에 대한 의문은 용납될 수 없었다. 엄숙한 권위, 왕조의 케리그마(kerygma)의 공간적 현신이 경기전이었다. 예교(禮敎)가 실질적 지배적 이데올로기 역할을 하던 당시, 공경의 대상으로서 새 왕조를 연 태조를 능가할 존재가 조선조에 또 있을 수 없었다. 경기전은 새 왕조의 성소가 되었다.

하지만 세상에 존재하는 것 중 영원불멸한 것은 없다, 영원에 대한 꿈만이 불멸일 뿐. 임진년, 병자년을 거치는 동안 조선왕조는 점차 쇠락의 길에 접어들게 된다. 회광반조(回光返照)에 해당했던 영·정조 시대를 지날 무렵, 전 세계는 제국주의의 발호에 따른 식민지 쟁탈전이 가속화되고 있었으나 조선왕조는 세계사의 거대한 변화가 미칠 영향도 정확하게 이해하지 못했고 주체적으로 대응하지도 못했다. 쇄국은 비장한 결단이었지만, 결과적으로는 시대착오적이었다. 조선이 역사의 황혼 속으로 스러지자, 혹독한 20세기의 새벽이 열렸다.

인류의 역사는 종교의 전파 과정이 피로 얼룩져 있다고 증언해준다. 현재 우리들이 종교를 바라보는 태도가 개인적인 것이라면, 근현대 이전의 종교는 대개 집단적 가치 판단의 최종 기준이기도 했다. 새로운 종교의 도래는 지배 이데올로기에 대한 도전으로 받아들여지기 십상이었으며, 국제적 관계에서는 정치-군사-문화적 침탈의 연장선상으로 받아들여지기도 했다. 하여, 하나의 종교가 뿌리내리기 전에 순교자의 피가 먼저 그 대지를 적셨다. 한반도 또한 마찬가지였다. 불교의 유입과 정착, 천주교와 개신교의 도래와 전파 과정은 모두 피로 얼룩진 도정이었다.

지금의 전동성당 자리 또한 그런 곳이다. 천주교 최초의 순교자를 낳은 신해박해(1791년)와 그 뒤에 이어진 신유박해(1801년)를 통해 종교적 신념을 자신의 목숨과 바꾼 윤지충과 유항검 등 순교자의 혈흔 위에 전동성당이 세워졌다. 전주성벽이 철폐되던 중인 1908년에 전동성당 공사가 시작되어, 철거된 풍남문 성벽 자재들은 전동성당 건축 부자재로 쓰였다고도 한다. 성당이 완공된 것이 1914년이니 이미 조선이라는 나라는 사라진 때. 세상은 이렇게 변한 것이다.

나라는 망하고, 성문은 좌우 성벽이 모두 헐린 채 치욕으로 덜렁 남았으며, 경기전을 둘러싸고 있던 왕조의 광휘는 그 빛을 모두 잃어버렸다. 졸지에 식민지 백성이 되어버린 이들은 몰락해버린 왕조의 잔해를 어떤 눈으로 바라보았을까? 애쓰하게 여기는 마음, 함께 아파하는 마음과 함께 자신들을 지켜주지 못한 왕조에 대한 배신감과 원망 또한 컸을 것이다. 그 복잡한 시대의 흉중 속에서, 경기전에 대한 경외감은 자연스럽게 소멸되고 만다. 왕조의 성소는 차츰차츰 전주시민의 도심공원으로 바뀌게 된다.

경기전이 보유하고 있던 성소의 엄숙성은 전동성당에게 그 바통을 넘겼다. 100년 전, 전동성당은 음울한 망국의 그림자가 짙게 깔린 이 지역에 새로운 성소로, 새로운 변화의 강력한 상징으로 떠올랐다. 경기전은 지나간 과거, 전동성당은 새로운 현재가 된 것이다. 그리고, 지금의 한옥마을이 이 일대에 조성되기 시작했다. 전주에 들어온 일본인들이 다가동 일대에 자리를 잡자, 조선 사람들은 일본인들을 피해 이쪽에 새로운 주거지를 건설한 것이었다. 그런 점에서, 지금은 고풍스럽게 보이는 한옥마을도 100년 전에는 '삐까번쩍한' 새 도회지였던 셈이다.

시간이 흐른 지금 경기전과 전동성당, 한옥마을은 누적된 시간의 층위에 상관없이 모두 오래된 곳이 되었다. 한옥마을의 낡은 가옥을 새롭게 리모델링하거나 새롭게 지은 한옥에 외래어로 표기된 간판을 가진 음식점, 커피숍, 공방들이 새롭게 들어서고 있다. 고색창연한 한옥 골목을 상상하고 한옥마을 찾아온 관광객들은 한옥 안을 치장하고 있는 '모던'한 풍경에 잠깐 놀랄 수도 있다. 이렇게 시간이 흐르는 것이다. 지금 현재의 한옥마을 모습이 이대로 10년, 20년 흘러가면 또 그대로 새로운 전통이 되어 옛 전통에 합류하는 것.

100년 전에는 외래종교 혹은 외세의 상징이었을 천주교 전동성당은 이제 우리 고유의 것이 되었다. 관광객들은 망설임 없이 전동성당 안으로 들어가 카메라 셔터를 누른다. 시간 속에서 엄숙한 천주교의 순교 성소는 친숙한 관광 명소로 변하고 있다. 깊은 산속 외딴 절간에 등산객들이 몰려드는 것처럼.

천주교가 우리 안에 우리의 종교로 이렇게 녹아드는데 시간만 작용한 것은 아니다. 우리 삶과 마음속에서 하나 되기 위한 천주교인들의 오랜 노력이 있었고, 마침내 전동성당을 무엇보다도 소중한 우리의 자산으로 여기게 된 우리 내부의 변화가 있었다.

경기전과 전동성당 사이, 또 오래된 한옥마을과 새로운 한옥마을 사이, 성과 속, 전통과 현대의 사이에는 그것을 바라보는 우리의 마음 자세가 놓여 있다.

한옥마을, 전주를 지켜나가는 힘

경기전 안, 관람객의 동선에서 약간 빗겨 선 곳에 덩그러니 서 있는 창고 건물이 하나 있다. 전주가 '왕조실록'을 보관하던 조선 전기 4대 '사고(史庫)' 중 하나였다는 것을 기념하기 위해 1991년에 조성한 건축물이다. 그 텅 비어 있는 건물을 볼 때마다, 나는 우리가 알고 있는 모든 역사의 진정한 주인과 변화의 주체는 '시간' 이라는 생각을 하곤 한다.

조일전쟁 시기, 다른 곳의 '실록'은 모두 전화에 불탔으나, 이곳 전주사고본만이 보존되어 이를 바탕으로 세계에 자랑하는 세계문화유산 '조선왕조실록'을 지금 우리가 보유하고, 읽을 수 있게 되었다.

지금 전주에는 조선왕조실록 원본이 존재하지 않는다. 몇 년 간에 걸친 복본화 작업을 통해 '복사본'만을 갖고 있을 뿐이다. 자칫, 전주시의 입장에서는 전주의 문화적 자산을 중앙 정부가 탈취해갔다고도 생각할 수 있는 일이다. 시간이 지나간 사이 사초를 보관하던 창고는 텅 비었다. 마치, 출산을 한 어머니의 홋배처럼.

그렇게 전주는 '기록과 출판의 도시'라는 이름을 얻었다. 전주사고와 완판본의 구체적인 물증이라 할 서책들은 장성한 자식이 되어 전주를 떠났지만, 자신을 낳고 기른 어머니, 전주시에 전통을 보존하고 기록한 '위대한 출판도시'라는 영예를 남겨주었다고 비유해보면 어떨까?

전주사고를 볼 때마다, 나는 전통을 대하는 현대인의 자세에 대해 많은 생각을 하게 된다. 여기 살던 조상이 남겼다 하여, 지금 여기 사는 우리가 독점권을 주장할 수 있는 것은 아니다. 우리 또한 일시적으로 점유할 뿐, 전주가 낳은 자산들은 다시 우리 후손들에게 인계된다. 이러한 과정이 반복되고 지속되는 가운데, '전주산(産)'이었던 것들은 '우리 문화 일반'으로 승격되었다. 기껍게 받아들여야 할 일이고, 지금까지 전주 사람들이 그렇게 해왔다. 이건 우리만 가져야 되는 것, 이건 전주에만 있어야 하는 것이라고 고집을 피우고 '오리지널' 논쟁을 벌이는 것은 어쩐지 전주 사람들에게는 어울리지 않는 '좀스러운' 일처럼 여겨진다.

전주는 낳고 키우고 내보내는 도시였다, 언제나 아낌없이. 판소리와 완판본과 서화와 비빔밥이 한국을 대표하는 문화적 상징이될 때까지. 그렇게 장성한 자식을 내보내고 난 뒤, 전주는 다시 또다른 문화 콘텐츠 양육을 시작했다. '전주대사습', '전주세계소리축

제', '전주국제영화제' '전주독서대전'은 요즘 전주시민들의 전폭적인 지지와 성원 속에 무럭무럭 성장하고 있는 중이다.

과거는 사람들의 기억 속에 남아 있는 영예만으로 충분하다.

우리는 또 다시 새로운 전통을 창조한다!

난, 전주의 정신이 이런 것이라고 생각한다. 과거를 보존하는 일에 최선을 다하되, 더 큰 공유를 우선적으로 생각하여, 장성한 자식은 내보내는 어머니의 마음. 그 빈 자리를 새로운 전통을 창조하는 일로 채우기 위해 다시 시작하는 것.

경기전이 있었고, 전주사고가 있었고, 전라감영이 있었다. 그것들이 무너진 자리에 우리는 전동성당과 한옥마을을 세웠다. 그리고, 또 한옥마을은 변해간다. 새롭게 자리 잡고 있는 한옥마을 안에 무엇을 채워 넣을 것인가, 하는 것이 우리에게 남은 과제일 뿐. 전주 사람들은 과거에 연연하지 않는다. 전통과 혁신, 전통의 창조적 계승과 같은 추상적 어휘의 실제로 적용되는 경우는 나는 전주에서 만날 수 있다고 생각한다.

경기전을 나오고 나면 본격적으로 한옥마을을 탐방할 수 있다. 자신에게 편안한 방식으로, 자신이 보고 싶은 대로 한옥마을을 둘러보면 된다. 그냥 걸어서 빠져나오는 데에는 한 시간 남짓이면 충분하지만, 이곳저곳 기웃거리다 보면 한 나절, 아니 하루를 모두 써도 부족한 것이 한옥마을 여행이다. 그만치 한옥마을에는 많은 콘텐츠가 담겨 있고, 지금도 생산되고 있다.

몇 군데만 예를 들어 본다. 전주의 전통을 대변하는 향교에서는 이제 영화를 찍고, 가람 이병기 선생의 난초향이 그윽하던 양사재에는 관광객들이 밤늦도록 정담을 나눈다. 살림집이었던 '문화공간 봄'에는 막 세상에 그 이름을 알리기 시작한 젊은 문화예술인들이 미래의 관객을 기다리고 있다. 콩나물국밥집 골목이나 그 앞에서 새롭게 꿈틀거리는 지역 예술인들의 숨결을 지켜보는 것도 즐거운 일이 될 것이며, 언제라도 얼큰한 육자배기 가락이 흘러나올 것 같은 막걸리집들도 곳곳에 자리 잡고 있다. 무엇보다도 '작은 규모'의 공방이나 음식점이 많다는 것이 순례자들의 호기심을 자극할 것이다. 지금은 작지만 새로운 꿈과 새로운 시도의 기운이 한옥마을 곳곳에 알알이 숨어 반짝인다. 몰랐던 가치를 새롭게 발견하는 것은 순례자의 두 발과 두 눈이 감당해야 할 몫이다.

내가 가장 좋아하는 곳은 전주사고 앞 쪽문으로 나왔을 때 바로 마주치는 최명희문학관이다. 전주가 낳은 작가, 최명희는 전주의 자랑이지만 그의 작품 『혼불』은 한국문학의 자랑이 되었다. 나는 전주사고, 완판본과 같은 출판기록문화의 자랑스러운 전통을 최명희라는 작가가 『혼불』이라는 작품을 통해 새롭게 드러냈다고 생각한다.

전통을 존중하되, 자신만의 방식으로 새롭게 혁신하여 『혼불』이라는 새로운 문학적 공간을 만들어낸 작가. 그곳에 가면 초등학생, 중학생들이 쓴 글들이 다수 전시되어 있다. 그러한 경험을 통해 그 아이들 중 몇 몇은 '또 다른 최명희'를 꿈꾸는 계기를 만나게 될 것이다. 최명희를 존중하되, 자신만의 꿈을 설계하는 아이들이 뛰어노는 곳. 같은 공간, 다른 시간, 새로운 꿈.

풍남문에서 한옥마을까지 같은 자리이지만, 거기 흐르는 시간은 스스로 몸을 뒤채며 앞서거니 뒤서거니 뒷물결이 앞물결을 밀고 나가고, 또 앞물결은 뒷물결을 끌고 나간다. 문화란, 어쩌면 물결이 물결을 뒤집는 자기 혁신 속에서 탄생하고 성장하는 것!

이제 막 한옥마을을 빠져 나와 남천교 다리 위에 서 있는 이가 있다. 앞으로 흘러오는 전주천 물결 위에 내려앉는 제 그림자를 바라보며 또 앞으로 가야할 길을 가늠하는 사람…….

이를테면, 당신!

한벽루, 내 마음에게 묻는다

한옥마을을 빠져나온 순례자는 이제 전주천을 만나게 된다. 전주의 탄생 이전부터 존재했고 전주라는 성읍이 태어나고 변화해온 과정을 모두 지켜본 물길이 전주천이다. 그 전주천의 물길이 막 전주로 진입하는 지점에서, 사람들에게 지금부터 큰물이 들어간다는 것을 알리기 위한 요량인지, 제 몸을 크게 한 번 비튼다. 그 굽이의 꼭지점에 서 있는 게 한벽루이다.

거기, 한벽루에서 내려다보면 전주천은 '나를 향해' 달려오는 물결이다. 순례자가 앞으로 나아가야할 길 저 먼 쪽 어디에서부터 전주천의 물결은 '나를 향해' 세차게 달려드는 것이다. 마치 마중이라도 나왔다는 듯이, 혹은 이 물길이 끝이 어딘지 궁금하지 않니? 물어보기라도 하는 것처럼 한벽루 앞에서 전주천은 제 몸을 뒤집어 소용돌이치며 흘러간다.

순례자의 도보 방향이 전주천 물결을 거슬러 올라가는 것은, 백두대간 슬치 어름에서 시작된 전주천은 호남의 지형 특성에 따라 금만평야와 서해를 향해 북서진(北西進)하고 순례자는 남동진(南東進)하는 탓에 생기는, 별스럽지 않은 현상일 수도 있다.

그럼에도 불구하고, 전주 도심을 막 빠져나온 순례자에게 전주천의 물결은, '당신, 지금 길에 나섰군요. 어디로 갈 건가요?' 질문을 계속해서 던지는, 특별한 존재처럼 보일 때가 많다.

아무리 짧아도, 여행이란 자신의 일상과 결별하는 일. 우리들이 살아가는 도시는 잘 짜여진 정주(定住)의 공간이지만, 길에 나선다는 것은 낯설고 예측 불가능한 유랑(流浪)의 물결을 내 온 몸으로 받아들이는 일. 여행, 그리고 순례의 낯선 출렁임을 저 물결이 먼저 우리에게 예고해주는 것이라고도 할 수 있다.

떠나야만 만나게 되는 것들, 순례길이란 그런 것들을 찾아나서는 길이다. '나를 향해' 달려오는 물결은 끊기는 법이 없다, 내 마음 속에서 일어나는 물음처럼, 그리고 그때마다 삶의 이정표는 늘 크게 흔들렸다. 내가 얕게 흐르면 세상의 물소리도 시끄러웠고, 때로 물의 깊이를 응시한 순간이 있었다면 그건 내가 잠시나마 마음의 풍파를 간신히 가라앉힐 수 있었기 때문. 내 마음의 수심을 내려다보는 일과 이 물길의 시원(始源)이 어디인지 궁금해 하는 일은 사실 같은 일인지도 모른다, 물음만 있되 답은 찾기 힘들다는 점에서.

이런 상념도 잠시, 순례자는 곧바로 작은 고민과 마주하게 된다. 이 물길의 왼쪽 편으로 걸을 것인가, 아님 오른 편으로 걸을 것인가?

순례길 사무국에서 공식적으로 추천하는 길은 왼쪽 길이다. 하지만, 오른쪽 길에도 볼 것이 너무 많으니 고민이랄 수밖에. 두말할 것도 없이 가장 좋은 방법은 양쪽을 오가며 모두 다 찾아보는 방법이겠지만, 우리는 누구나 모두 시간 속의 여행자들, 한정된 시간을 살아가는 인생들이다.

오랫동안 이 전주천변의 한쪽에서 맞은 편 언덕을 건너다보는 일로 한 시절을 지낸 적이 있다. 봄의 이른 저녁부터 늦은 밤까지 시름시름 이곳에 앉아 중바위를 보고 있노라면, 물 건너 저편에서는 꽃이 피고 지고 새순이 돋고 녹음이 짙어졌다가 낙엽 진 산 응달 아래 오랫동안 눈이 쌓여 녹지 않고 있는 풍경들이 물무늬처럼 흘러가곤 했다. 그러다가 물을 건너 반대편 산그늘 아래 숨어들면, 도시와 차량의 불빛들이 어룽이며 반짝이다 잦아들곤 했다. 그 시절에는 일찍 나이 들기를 희망했는데, 지금은 그때의 불안하게 흔들리던 눈동자가 조금씩 그리워진다. 차안(此岸)과 피안(彼岸), 이쪽과 저쪽. 나이가 들어도 내 눈길은 언제나 건너편에 가 있다.

갈래길을 앞에 둔 순례자의 첫 번째 고민이 시작되는, 한벽루 앞으로부터 '좁은목' 약수터 사이는 100여 년 전만 해도 전주부성의 남쪽 외곽 방위선이라 할 남고산성의 관문에 해당하는 곳. 전주천의 물길을 따라 자연스럽게 형성된 이 길은 남쪽으로 만마관(萬馬關), 관촌, 임실, 오수, 남원으로 이어지는데, 조선시대엔 한양-통영 간을 잇는 길이라 하여 '통영대로'라고도 불렸었다.

당시 조선 제6로였던 이 길로 백의종군에 나선 이순신이 터벅터벅 걸어 내려갔고, 춘향이 옥에 갇혔다는 소식을 이몽룡에게 전하기 위해 방자가 거친 숨을 몰아쉬었으며, 그 한참 뒤로는 '척양척왜'의 기치를 높이 든 동학농민군이 이 길을 가득 메웠던 적도 있었다. 지금은 주요 간선로인 17번 국도와 전라선 또한 크게 봐서 이 길과 행적을 같이 하고, 지금은 완주-순천간 고속도로까지 가세했다. 우리 앞에 놓인 이 길은 아주 오래된 길이다. 그 오래된 길엔 오래된 시간과 함께 오래된 이야기도 즐비하게 깔려 있다.

'나를 향해' 달려오는 전주천의 흐름을 거슬러 올라가는 길은 시간을 거슬러 올라가는 길, 역사 속으로 뛰어드는 길이다. 역사와 마주하는 일에는 늘 관점과 평가가 필요하게 마련이다. 전주천 왼쪽 길을 걸을 것인가 오른 쪽으로 갈 것인가, 하는 선택의 문제 역시 어떤 역사적 풍경과 먼저 마주할 것인가, 하는 문제와 관련될 수밖에 없다.

전주천, 왼쪽 길로 걷기

한벽루에서 자연생태사박물관을 거친 순례자는 여기서 짧은 등산을 준비해야 한다. 승암사, 동고사, 치명자산 성지로 이어지는 이 길은, 말하자면 기린봉 서쪽 능선에 해당된다.

사람들이 오래 전부터 살던 도시들은 거개가 천혜의 임산배수 지형을 자랑한다. 하물며, 왕도의 지위에까지 올랐던 도시가 아니던가. 도읍을 둘러싸고 있는 산줄기와 물줄기의 형세가 자연스럽게 도시의 외호(外護)이자 교통 관문의 역할을 할 수 있는 곳인지, 이곳에 도읍을 최초로 건설한 이들은 그것부터 살폈을 것이다.

대둔산, 운장산, 연석산, 주화산, 웅치, 종남산과 만덕산, 경각산, 그리고 모악산이 전주의 먼 바깥쪽에서 거대한 보호막을 치고 있다면, 보다 또렷한 도읍의 경계선상에는 여기 기린봉과 고덕산, 완산칠봉, 다가산, 태극산, 황방산, 건지산 등이 도열하게 된다.

기린봉은 전주를 보호하고 있는 산줄기 중에서도 동남방 가장 우뚝한 산마루로 전주 도심 최고의 전망처라 할 수 있는 곳이다. 중바위 쪽에서 내려다보면 이목대, 오목대, 전주향교, 남고사와 남고산성부터 구도심 너머 신시가지까지 전주시의 전경이 일망무제로 펼쳐진다. 한벽루에서 남부시장, 다가교 쪽으로 이어지는 전주천의 흐름이 일목요연하고, 삼천과 소양천 물줄기도 아득하게 흘러간다.

이런 탓일까, 이곳에는 지난 천년 전주의 역사와 관련된 일화가 시간의 양만큼이나 다양하게 분포되어 있다. 기린봉과 중바위를 둘러싼 이 지역(특히 동고사 주변)에는 견훤의 왕궁 터가 존재했다는 주장이 꾸준하게 이어져 왔다. 이 지역에서 발굴된 옛 성터나 건축물의 흔적 혹은 사람들 사이에 전해져 오는 물왕멀과 같은 지명들은 천여 년 전 이곳이 어떤 곳인지를 알려주는 역사적 증좌의 편린으로 언급된다.

고지대에 산성과 같은 형태로 왕궁이 존재했다는 것이 그 이후 주거의 방식과는 사뭇 달라, 지금의 우리에겐 약간 생경하게 느껴지지만, 이는 현재와 과거 사이에 존재하는 긴 시간의 터널을 통과할 때 발생할 수밖에 없는 역사적 현기증 같은 것으로 받아들여야 할 것이다. 전쟁과 혼란의 시대, 군사 지휘소의 역할이 무엇보다 우선시되었을 것이다. 지금 우리가 오르는 방향은 그 산성의 외곽 방위선인 산성의 바깥쪽에서, 지금 우리 눈에 보이지 않는 성벽을 타고 왕궁터 안쪽으로 진입해야 하는 것이다. 지세의 험준함만큼이나 가파른 상상력은 필수적이다. 그렇게 땀 흘려 능선을 타고 올라서야만 만나게 되는 군경묘지에서 가톨릭 전주교구청 쪽으로 이어지는 간납대 길이고 마당재이며 물왕멀이다.

지금 이 지역, 아니 전주 어디에서도 견훤의 흔적을 찾는 일은 쉬운 일이 아니다. 견훤은 역사 속의 패자였고, 패한 자의 기록은 역사의 지층 깊은 곳에 파묻혀 발굴되지 않는 게 다반사다. 우리가 길을 시작한 풍남문에서도 알 수 있듯이, 100년만 지나도 풍경은 확연하게 달라진다. 하물며 천년이 넘는 시간 저편이다. 오직, 그 흔적을 찾고자 하는 후대인들의 상상력과 열의만이 단절된 시간의 터널을 통과하게 해준다. 왜 여기 왕궁을 건설했을까. 어디에 어떤 모양의 건물들이 있었을까. 무엇보다도, 그때 그 사람들은 여기에서 어떻게 살아갔을까. '견훤'이라는 존재에게 집약되었던 당시 이 땅을 살던 사람들의 꿈은 무엇이었을까. 잃어버린 시간, 잊혀진 꿈, 잃어버린 이름, 잊혀진 사람들.

산길을 오르는 내내, 우리는 지금은 존재하지 않는 것들에 대해 고민하게 되는 역사적 실체로서의 나와 대면하게 된다. 견훤은 지금 우리들에게 자랑스러운 존재인가, 아니면 여전히 감당하기 버거운 의혹인가?

'산천은 의구하되 인걸은 간 데 없는' 산길은 산새들의 지저귐 속에서도 때때로 적막한 느낌을 안겨 준다. 인간의 수명은 100년을 넘기지 못하고, 여기 깊이 뿌리내린 초목의 내력도 수백 년 이쪽저쪽일지니, 견훤의 시절을 꿈쩍 안고 지켜본 것들 중에 지금 남아있는 것은 거친 풍상을 견디며 저기 둔중하게 자리하고 있는 이름 없는 바위들뿐이다. 견훤 시절의 흔적은 이제 역사적 화석이 되어 여기저기 흩어져 있다.

흙으로 뒤덮인 땅 속에 뿌리를 내리고 있는 바위의 모습이 대지의 뼈처럼 느껴질 때가 있다. 뼈는 살을 지탱하고 살은 또 뼈를 감싸고 있다. 견훤 왕궁터, 치명자산성지, 군경묘지에 이르기까지 이곳엔 수없이 많은 뼈가 묻혀 있다. 뼈는 치장하지 않고, 말하지도 않는다. 영원한 것들은 늘 침묵하고 있게 마련이다. 하지만 당대를 살아가는 이들은 늘 그 뼈대 위에 자신 스스로가 보고 싶어 하는 살집을 입힌다. 절집과 성당과 교회, 묘지와 점집, 그리고 이름들.

이름은 한 존재의 전부를 밝히는 최초의 빛과 같다. 어두운 방에 들어서면 가장 먼저 불을 밝혀야 무명 속에 흐릿하게 윤곽으로만 존재하던 사물들이 온전하게 제 모습을 드러내게 된다. 이름이 기억되지 않는 존재는 세상에 존재하지 않는 것이나 마찬가지이기도 하다. 무명(無名)이면 무명(無明)이다. 얼굴은 가물가물 떠오르는데 이름이 기억나지 않는 사람들, 시간 속에서 스러져가고 있는 이름이다. 한때 소중한 시간과 추억을 공유했으나, 이름이 기억나지 않는 순간부터 희미해지는 존재. 불이 꺼진 것이다.

여기 기린봉 능선은 여러 이름이 공존하는 지역이다. 우선, 기린봉이 존재한다. 전주 사람들이 스스로 정한 '전주 8경' 중에서도 제1경으로 손꼽히는 '기린토월(麒麟吐月)'이다. 이곳 기린봉 위로 떠오르는 달의 모습이 아름답다는 뜻이다. 왜 이 산에 '기린'이라는 신수(神獸)의 이름을 붙였는지 유래는 전해지지 않으나, 예전부터 기린은 용과 마찬가지로 신령스러운 동물의 대표 상징이었다. 그만치, 전주 사람들이 이 산을 귀하게 생각하고 사랑했다는 뜻 정도로 이해하는 게 좋을 듯 하다. 기린봉 가까이 사는 사람은 산정에 올라, 좀 먼 곳에 사는 사람들은 자기집 마당에서 기린봉 위로 떠오르는 달을 쳐다본다. 초승달, 반달, 보름달…… 달이 이지러지고 차오를 때마다 사람들은 달을 보며 마음에 맺힌 이야기를 풀어놓기도 하고 달의 기운을 온몸으로 받아들이기도 한다. 들어찬 월정(月精)을 몸 안 가득 가두어두면, 아이가 선다던가. 몸을 갖길 소원한 여인들은 더욱 간절하게 두 손 활짝 달빛을 그러모았을 것이다. 달빛과 교감을 나누던 시절에 대한 기억이 기린봉에는 서려 있다.

기린봉의 아래쪽으로는 물왕멀이나 마당재, 간납대처럼 범상치 않은 이름들이 펼쳐진다. 견훤을 승천하지 못한 용으로 여긴 것에서 비롯되었다는 물왕멀은 물의 왕이 머물던 곳이란 뜻이라고 한다. 견훤을 지렁이의 아들로 묘사한 민담이 존재하는데, 요즘 많은 학자들은 '용-이무기-지렁이'와 같이 견훤을 둘러싼 이름과 전설에 의도적인 폄하가 자행된 결과라고 생각한다.

마당재는 이 부근에 한때 늘 사람들이 붐비는 불교의 야단법석(野壇法席)이 자주 열렸다는 유래와 함께, '야단'이 '마당'으로 변하고 거기에 언덕을 뜻하는 '재'가 합해진 말이란, 제법 그럴 듯한 해석이 떠돈다. 즉, 사람들이 아주 많이 모였던 곳이라는 뜻이다.

'간납대(諫納臺)'에는 조금 더 구체적인 지명 유래가 뒤따르는데 조선조 중엽 사간원 헌납을 지낸 이기발이라는 분이 병자호란을 맞아 의병들을 일으켰으나, 남한산성에서 얼마 버티지 못한 인조가 청국과 강화를 맺었다는 것에 낙담하여 치사(致仕) 후 이곳에 형제 친우들과 함께 은거했다는 데서 비롯된 이름이라고 한다.

기린봉과 물왕멀이라는 지명에는 지금 우리들로선 쉽게 떠올리기 힘든 아득한 옛 상상력에 대한 기억이 담겨 있다면, 마당재에는 불교의 흥성기에 대한 기억이 남아 있고 간납대에는 가까운 과거의 역사가 서려 있다. 지명에는 이와 같이 전주와 함께 해온 시간의 흔적들도 간직되어 있는 터. 그 이름들을 다시 불러본다는 것은 그 시대에 대한 우리들의 기억을 새롭게 하는 일이다.

이름을 둘러싼 좀 더 복잡한 내력이 또 있다. 전주천변 쪽에서 오르는 산의 이름을 전주 사람들은 중바위(혹은, 중바우나 승암산)라고도 하고 치명자산(致命者山)이라고도 한다. 산은 똑같은 산인데 이처럼 다른 이름으로 부른다는 것은 그 존재를 밝히는 방식, 바라보는 태도가 다르기 때문. 하나의 이름엔 그 이름을 부르는 사람의 세계관이 담겨 있게 마련이다.

중바위란 이름은 산세가 스님의 얼굴 형상과 비슷하대서 붙은 이름이라는데 실제로 보면 꽤 날카롭게 삐쭉삐쭉 솟아오른 산봉우리인 것이, 전주 사람들이 이 산을 보며 연상했던 스님은 젊은 범처럼 날랜 분이었던 모양이다. 또 다른 이름인 '승암산(僧巖山)'은 중바위를 한자식 표기로 옮긴 것에 불과하다. 여기 산자락엔 승암사와 동고사(東固寺)가 있고, 산 너머엔 선린사라는 절까지 있는 것으로 보아 이 산자락을 보며 스님의 얼굴을 떠올리는 것은, 불교가 성행하던 시기에 있음직한 일종의 유추 상상이었을 것이다.

치명자산은 한국 천주교 유래 초기의 수난사를 고스란히 그 이름 안에 담고 있는, 비교적 최근에 만들어진 이름이다. 조금 날카롭게 들리는 '치명자'라는 이름에는 '순교자들이 묻힌 산'이란 뜻이 직설적으로 담겨 있다. 처음에는 천주교 신자들에 의해 불리던 이름이었으나, 이곳에 십자가의 길과 산상성당 등 천주교 성지화가 진행된 이후 차츰차츰 일반적인 이름의 하나로 자리잡아가고 있다.

실제로는 '중바우'라고 더 많이 불리던 산에 '치명자산'이라는 새로운 이름이 붙자, 전주 사람들 사이에는 약간의 혼란도 생기고 '이름 쟁탈'에 관한 약간의 긴장감도 있었으나, 최근에는 각자 서로 부르기 편한 대로 중바위라고 부르거나 치명자산이라고 부르는 식으로 시민들 인식에도 여유가 생겼다.

이렇게 하나의 산에 두 개의 이름이 공존한다. 산에 이름을 붙여주고, 그 이름을 부르고 기억하는 것은 인간의 일이기에, 여러 개의 이름이 동시에 존재할 수 있다는, 상식적이고 당연한 사실을 새삼 이 산에서 깨닫는다.

세상에 저 혼자 살아가는 사람이 있을 수 없고, 흙과 돌과 나무의 도움 없이 저 혼자 수려한 산봉우리가 있을 수 없다. 함께 어깨 걸고 살아가는 일에 대해 중바위와 치명자산은 그 이름만으로도 우리를 깨우치는 것. 그 산자락엔 무속 신앙인과 교회, 기도원, 성당이 서로 평화롭게 자리를 나눠 쓴다. '이름'을 두고 싸우는 것도, 공존의 지혜를 찾는 것도 인간들이다. 산은 그저 여전할 뿐이다.

순례길의 정상적인 코스는 천주교에서 조성한 '십자가의 길'을 따라 산비탈을 오르는 것이다. 사람에 따라 다르지만 대략 20~30분이면 승암사 쪽에서든 치명자산 주차장 쪽에서든 어렵지 않게 산 정상 부근에 마련된 기념 성당과 성모바위에 도착할 수 있다. 가파른 곳이 몇 군데 있긴 하지만, 전체적으로는 사람들이 오르내리는데 어려움을 느끼지 않게 조성해놓아 이 길을 관리하는 이의 정성이 느껴지는 길이다.

이 산이 '치명자산'이란 이름으로 불리고 천주교의 성지 순례 장소가 된 까닭은 신유박해(1801년, 순조 1년)를 통해 일가족이 거의 몰살당하다시피한 유항검 일가의 묘역이 이곳에 조성되었기 때문이다. 당시 호남의 거족으로 알려진 유항검 일가의 죽음에는, 정조의 급서와 정순대비 측에서 자행한 피의 숙청 등 국내정치적 요인이 작용했다고 보는 것이 일반적이다. 비교적 서학(西學, 천주교) 수용에 관대했던 정조 측근 남인들을 쳐내는 빌미로, 당시 시대 정서로는 아무래도 생경했던 천주교를 이용했던 것이다.

유항검은 당시 호남 지역 천주교 전도의 핵심적 인물이었으며, 그의 아들과 며느리는 세계 종교사에서 유례를 찾아보기 힘들다는 '동정 부부' 유중철과 이순이였다. 이들은 각기 현재 전동성당 자리와 숲정이성당이 있는 곳에서 처형되었다. 시신마저 여기저기 가매장 상태로 떠돌다가 전동성당 건립 직후인 1914년경에 비로소 이곳에 안장되게 된다. 그때부터 이 산은 천주교 신자들에 의해 '치명자산'이라 불리게 된다. 치명(致命)이란 '치명적이다', '목숨을 다하다'처럼 일반적으로 뜻으로도 많이 쓰이지만, 천주교에서는 '순교'와 같은 뜻으로 쓰이던 단어였다. 이외에도 순교자 이순이의 세례명을 따 '루갈다산'이라는 이름도 천주교인들 사이에서는 통용된다. 이들의 주검이 산정에 모셔지고, 이들의 순교를 기리는 기념 성당이 건립된 이후, 이곳에는 국내외의 천주교 신자는 물론 이들의 삶과 죽음을 기리며 묵상의 산행을 하려는 일반인들의 발길이 끊이지 않는 곳이 되었다.

'순교'의 의미와 당시 '순교자'들의 결진 마음을, 지금 우리가 모두 이해하기는 쉽지 않은 일이다. 지금 우리는 무엇을 위해 목숨마저 내던질 수 있을까? 오르는 산비탈만 가파른 것이 아니다. 그 시간은 아득하고, '순교'라는 단어를 이해하는 일 또한 까마득하다.

200여 년 전, 이 땅을 살던 사람들 중에는 개인의 신앙을 문제 삼았던 이들도 있었고, 그렇게 문제가 된 개인적 신념으로 인해 목숨을 잃는 이들도 있었다. 어느 시대든 당대를 지배하는 이데올로기가 있는 법이며, 그 속에서 일어나는 일들은 그것이 설사 체제 이데올로기에 관한 것이 아니어도, 입법자와 재판자 혹은 무심한 듯 보이는 관중들에 의해 이데올로기적인 것으로 해석될 수 있었다. 당시의 유교적 윤리와 충돌한 새로운 종교의 교리는, 믿음의 대가로 피를 요구했다. '종교의 자유'란 시간이 흘러감에 따라 자연스럽게 얻게 된 결과물이 아니라, 핏자국 선명한 길을 따라 힘겹게 걸었을 때만 얻을 수 있는 쟁취물이었던 셈이다. 이는 한국 천주교뿐만이 아닌, 동서고금 어디서든 그랬던 일이다.

역설적이지만, 유항검 일가를 비롯한 순교자들의 피로 인해 한국 천주교는 우리들의 삶과 역사 속에 더 깊은 뿌리를 내릴 수 있었다는 사실을, 우리는 한 방울 한 방울 땀을 흘리며 산비탈을 걸어 오르는 동안 실감하게 된다.

순교자 묘지 바로 밑에 조성된 산상 기념 성당은 산정의 바위 밑에 일부분이 조성된 형태여서, 산정에서만 느낄 수 있는 서늘한 청량감이 머무는 자리다. 성당 내부를 둘러보는 동안 금세 땀이 마른다. 눅진한 마음도 좀 차분해지는 느낌이 든다.

피와 통곡을 감추고 이 산길을 찾았던 시절이 지난 자리에 묵상과 경건함이 스며든다는 것. 이런 면에서 진정한 치유의 힘은 모두 시간 속에 녹아 있는지도 모른다. 시간이 흐르면서 자연스럽게 발생하는 자정(自淨)의 힘에 의해 시간은 시간을 치유하고, 인간은 인간을 용서한다. 어쩌면, 유한한 삶을 살아야 하는 인간에게 무한히 펼쳐져 있는 시간이야말로 신의 다른 이름인지도 모르겠다. 시간의 흐름이란 인간의 눈길로 가늠할 수 없는, 소실점 그 너머로 이어진다. 우리가 헤아릴 수 없는 저 먼 과거나, 알 수 없는 미래를 우리는 보지 않고 겪을 수 없지만, 믿는다. 존재할 거라는 믿음, 그 믿음이 우리를 지금까지 밀고 왔을 것이며 또 밀고 가게 될 것이다.

산정 성당에서 계단을 올라 순교자묘지와 성모바위를 만난 후 조금 걸음을 옮겨 언덕을 에둘러 돌아가면 동고사가 나온다. 여기, 이 이름 없는 언덕이 두 종교를 나누기도 하고 또 이어주기도 한다. 여기서 단절을 읽을 것인지, 소통을 읽을 것인지 결정하는 것은 보는 사람 마음이다. 그런 생각을 하다 보면 금세 동고사가 나온다.

동고사를 들어선 순례자를 제일 먼저 맞이해주는 것은 조금 낯선 풍경들이다. 전주에 이런 왕대가 있었던가, 싶게 굵은 왕대밭이 펼쳐져 있고 진안 마이산에서나 봤던 돌탑들이 서 있고, 무엇보다 도심에서는 볼 수 없는 짙은 나무 그늘과, 높은 곳에 우뚝 선 대웅전의 어둡고 환한 대조가 이색적이다.

전주에는 동서남북 요지에 통칭 사고사(四固寺)라고 불리는 네 군데의 사찰이 있다. 여기 동고사를 시작으로 남고사, 서고사, 북고사가 그것이다. 진북사는 원래 북고사라는 이름을 갖고 있었는데, 조선 후기 전라도 관찰사였던 이서구에 의해 진북사라는 이름으로 바뀌었다고 한다. 일설에는 이 네 곳의 사찰이 모두 견훤 시절에 조성되었다고 하나, 각 사찰의 창건연대가 제 각각인 것으로 보아 견훤시대 창건설은 크게 신뢰할만한 것은 아닌 듯하다.

그럼에도 불구하고, 전주 사람들이 이 네 군데 절을 묶어서 이야기하는 것은, 범상치 않은 이름간의 유사성에 더해 이 절들이 모두 일종의 관측초소처럼 높은 지역에 자리하고 있다는 공통점 때문이다. 전주 사람들의 생각은 대략 이 네 군데에 전주를 지키는 사고진(四固鎭)이 있고 거기 병사들이 주둔해 있던 시절 이 네 군데 절들이 앞서거니 뒤서거니 조성되었을 것이라는 것이다. 이게 사실이라면, 그 이유에 대해서는 다음과 같이 해석할 수 있을 것이다.

지금은 국가 방비를 군인과 철책, 안테나 같은 감시 장비들만이 한다고 생각하지만, 옛 사람들 생각에는 나라를 지키는 것에 병사들과 자연을 이용한 방비물 외에도 신의 보살핌이 포함되어 있었다. 늘 불안과 긴장에 떨어야 하는 병사들과 성안 사람들에게 '여기 부처님의 가호가 함께 하는구나' 하는 든든한 믿음을 주는 곳이 이러한 사찰의 역할이었을 것이다. 눈앞의 적군만이 경계해야 할 위협의 전부인 것은 아니다. 등 뒤를 안심할 수 없는 한, 군사들은 적과의 교전에 전력을 쏟아 부을 수 없다. 백성들을 안심시키기 위해서는 든든한 보호막이 나와 우리 모두를 지켜주고 있다는 믿음이 필요하다.

전주 사방 높은 곳에 우뚝 서서 늘 스님의 독경 소리가 들리고, 때가 되면 정확히 예불을 알리는 종소리가 울리는 것. 밤이 되면 더욱 더 먼 곳까지 퍼져나가 집 창문에 은은히 스며드는 석등의 불빛은 내가 안전하게 보호되고 있다는 믿음을 주었다. 불교가 국교처럼 숭상되던 시기에, 산마루 높은 곳에 서 있는 절집은 마치 환한 불법의 등대처럼 여겨졌을 것이다. 역시, 지금이 아닌 까마득한 그 옛날.

원래 정해진 코스대로라면 동고사에서 다시 걸음을 돌려 산을 내려와, '바람 쐬는 길'을 따라 상관 수원지 방향으로 진행하는 것이 일반적이다. 일껏 올라왔는데 바로 내려오는 것이 섭섭하다면 기린봉에 올라 아중저수지를 내려다보거나 동고사나 중바위 쪽에서 시내를 내려다보며 사진을 몇 장 찍어도 좋겠다. 올라가면서 보는 풍경과 내려오는 길의 풍경은 그 질감이 서로 다르다. 대개 숨차게 오를 때는 가까운 풍경만 보이게 마련이지만, 내려올 때는 보다 여유롭게 먼 경치도 살필 수 있다. 어쩌면, 이처럼 한가로운 보상이 있어, 우리는 산에 오르는 것인지도 모른다.

전주천, 오른쪽으로 휘돌아가기

좋은 길은 몇 번씩 다시 찾게 된다. 이 길이 일생에 딱 한 번뿐이라면 의당 위에서 설명한 코스를 따르는 것이 좋겠지만, 여러 차례 이 길을 답파하는 분들이라면 자신이 걷는 순례길을 보다 확장하길 원하는 마음을 갖게 될 것이다. 순례길을 가까이에서도 보고 멀리에서도 보고 싶은 마음은 당연하다, 원근법이 달라지면 풍경은 늘 새로워지며, 새로움이 더해지면 풍경은 더욱 깊고 넓어진다.

봄 여름 가을 겨울, 철에 따라 이쪽 길이 더 좋은 때도 있고 저쪽 길이 더 맘에 드는 때도 있다. 내 경우에는 봄에는 왼쪽 길, 가을에는 오른쪽 길이 좀 더 마음을 잡아끄는 것을 느낀다.

국립무형유산원을 통과해 전주교육대학교 왼쪽 서학동파출소가 있는 '남고산성길'로 접어들면 작은 개천을 따라 제법 길게 길이 이어진다. 조일전쟁 당시 의병장이었던 이정란을 기리는 '충경사(忠景祠)'를 지나 계속 길을 따라 올라가면, 이제 국내에서는 보기 힘들게 된 '관성묘(關聖廟)'가 나타난다.

관성묘는 『삼국지』의 영웅 중 하나인 관우를 모시는 사당이다. 관우는 원래 무용이 출중한 촉한의 장수였으나, 동아시아의 스테디셀러로 자리 잡은 『삼국지』 속에서 충절과 의리를 대표하는 초인적 존재로 거듭났다. 거기에 민간의 기복신앙이 더해져 원래의 무인 이미지 외에도 장사꾼의 신, 특히 전 세계 화교(華僑)들의 신으로 추앙받는 존재라고 할 수 있다. 일개 장수였지만 사후에 사람들에 의해 '관왕'으로 불리기 시작했으며 '관제성군(關帝聖君)'이란 칭호까지 얻었다.

여러 기록에 의하면, 조일전쟁 시 참전한 명나라 군대를 위해 당시 선조의 조정이 한양에 '관성묘'를 조성한 이래, 명군 주요 전투 사적지에 많은 관성묘가 이 나라에 조성되었다고 한다. 그 당시에는 군대의 사기나 추모 위령소의 역할이 더 컸을 것이다. 이때 지어진 관성묘들은 일제 강점기 이후 몇 군데 남지 않고 대부분 사라졌다.

전주 관성묘는 조선말에 지어졌다는 게 특기할만한 일이다. 1895년, 당시 전라도 관찰사가 여러 유지들의 협찬을 받아 건립했다는 것이 이곳 관성묘의 공식 기록이다. 이때는 기존에 존재하던 관성묘도 하나 둘 철폐되던 시기. 게다가 1895년이라면 동학농민전쟁과 청일전쟁 직후이다. 건립 이유에 대해 어떤 이들은 국난의 시기를 극복하기 위해 민심을 모으려는 취지의 일환이었다고 말하나, 설득력은 조금 부족해 보인다.

이보다는 화교의 유입과 관련지어 생각해보는 게 타당할 것으로 여겨진다. 서구 열강의 침탈과 어지러운 국내 정세를 피해 많은 중국인들이 국외로 떠났고, 당시 한반도 또한 이들의 주요 피난처 중 하나였다. 이때 한반도에 유입된 한국 화교의 90%에 가까운 인구가 산동반도 출신이라고 한다. 중국의 산동반도와 가장 가까운 곳이 어청도를 징검다리로 하는 전북 지역이다. 오늘날 국내에 화교가 가장 많이 거주하는 곳은 서울, 부산, 인천과 같은 대도시이지만, 100여 년 전에는 군산-전주 또한 이에 못지않게 화교들이 많이 모여 살던 곳이었다.

이를 확인할 수 있는 곳이 여기 전주 관성묘라 할 수 있다. 봄가을에 있는 정기 제례 무렵이면, 이곳을 찾는 화교들의 행렬이 제법 번잡하다. 평시에 가 보아도 늘 향화가 끊이지 않는다. 들어가 보면 건물의 규모도 상당할뿐더러, 관우와 제갈량의 소상은 물론 관우와 관련된 일화를 벽화로 조성해놓아 볼거리 또한 풍성하다. 당시 관성묘 공사를 주관했던 남고별장 이신문의 초상화도 이곳에 보관돼오다 2013년 여름 전북도립미술관에서 우리나라 근대 초상화 전시회에 모습을 드러내기도 했다.

요사이 우리 사회에서 '다문화'에 대한 관심이 급증하고 있지만, 화교민들은 이미 오래 전부터 우리 곁에 존재했다. 여러 면에서 우리나라 인적 국제 교류의 변천사를 보여주는 한국 다문화시대의 '원조'에 해당한다. 화교들은 오랫동안 재산 취득에 관해 차별을 받았고, 중국과의 국교 재개 과정에서 대만 국적 포기를 강요 받았다. 그런 중에도 고급 요리의 대명사였던 '청요리'를 거쳐 국민 대표 외식 음식이 된 '짜장면'을 탄생시키고 한때 조기 외국어 교육의 본산이었던 화교학교에 이르기까지 국내 거주 화교들의 현지 적응 노력은 언젠가 본격적인 평가를 받아야 할 것이다.

관성묘를 나와 조금 더 길을 따라 올라가면 고덕산성(高德山城) 혹은 견훤산성(甄萱山城)이라고도 불리는 남고산성의 성벽 밑자락이 보인다. 앞서 살펴본 동고사 일대에도 견훤 때 축성되었다는 동고산성지가 있지만, 흔적이 미미하여 산성의 규모를 가늠하기 힘든데 여기 남고산성은 성벽이 잘 보존되어 있다.

그동안 지속적으로 보수된 남고산성 성벽은 그 위로 사람들이 걸을 수 있게 되어 있다. 이어진 성벽을 따라 조금 가파른 길을 10

여 분 정도 오르면 산정에 도달할 수 있다. 이 산성이 실제로 견훤 시대에 축성되었는지, 아니면 그 전부터 존재하던 성벽이 이때 대규모로 보수 증축된 것인지는 알 수 없다. 산정 나무 그늘에 서서 동고사와 용머리 고개, 완산칠봉으로 이어지는 산줄기를 이어 붙여 보면 지금의 전주와는 또 다른 옛 전주의 위용이 선명하게 그려진다.

중바위에서 바라본 전주의 풍경이 너른 들처럼 보인다면, 남고산성 가장 높은 마루에서 본 전주는 여러 산줄기가 겹겹이 둘러싸고 있는 분지의 모습이 확연하다. 삼한 시절 마한 54국 중 하나였던 원지국(爰池國)이 여기 있었다고도 하고, 원산(圓山)과 완산(完山)이라는 이름의 고을로도 존재했다고 하는, 마침내 신라 경덕왕 16년(757년)에 '전주'라는 이름으로 등장한 이래 이제껏 사람들이 살고 있는 오래된 도시의 원래 모습이다. 전주가 낳은 작가 최명희는 대표작 『혼불』에서 전주의 역사를 다음과 같이 읊은 바 있다.

"신라 천 년 이전에는 백제 칠백 년이 있었고, 백제 칠백 년 이전에는 마한의 세월이 있었다. 마한의 이전에도 이 고을에 햇살은 다사로웠으니, 그 세월을 다하면 이천 년이 어찌 모자라겠는가."

그렇다. 전주는 천년 이천년 전부터 사람들이 모여 살던 너른 터였고 산성으로 둘러싸인 오목한 분지였다. 여기 견훤의 왕성이 있었다거나 조선의 발상지라는 이야기는 오히려 부차적인 것인지도 모른다. 천년, 이천년, 그 오랜 시간 동안 이곳을 찾아든 사람들을 모두 넉넉하게 품어 안았던 곳이며 또 앞으로도 살아갈 곳이라는 사실이 어쩌면 더 중요한 것 아닐까.

남고산성을 오르는 길에는 천경대, 만경대, 억경대라고 불리는 몇 군데 경승지가 존재한다. 고려 말 문인이었던 정몽주가 여기 올라서 지었다는 한시 한 수와 그 내력도 전해진다. 고려 말, 남원 내륙 깊숙한 곳까지 침투한 왜구를 토벌하기 위해 장군 이성계의 부대가 출정하고 거기 종사관으로 정몽주가 함께 종군했다고 한다. 이때 왜구를 이끌던 무적 장수가 아지발도였는데, 신궁이었던 이성계가 화살 한 발로 그의 투구를 벗기자 그에 못지않은 명사수였던 부장 퉁두란이 아지발도의 얼굴을 정통으로 쏘아 시살함으로써 마침내 대승을 거뒀다는 '황산대첩'.

승전을 한 뒤 개경으로 귀환하던 이성계가 자신의 관향 전주에 들어서자, 신흥무장으로 떠오르던 이성계의 승첩을 축하하기 위해 친족과 유지들이 오목대에 모여 축하연을 베풀었다던가. 그 자리에서 흥이 오른 장군 이성계가 중국 한고조 유방이 지었다는 「대풍가(大風歌)」를 불렀다던가. 「대풍가」는 나라를 새롭게 세우겠다는 제왕의 의지를 담은 노래. 고려 장군 이성계가 이런 노래를 불렀다는 것은 그동안 자신의 흉중에만 담고 있던 역성혁명의 뜻을 세상 사람들에게 공개적으로 드러냈다는 뜻이다. 이와 같이 불순한 일이 벌어지고 있음에도 그 자리에 모인 사람들은 오히려 이성계를 치켜세우기에 급급했다 하니, 쓸쓸히 술자리를 빠져나온 정몽주는 이곳 남고산에 올라 비감 어린 목소리로 이렇게 노래했다고 한다.

千仞岡頭石徑橫   천 길 산마루에는 돌길이 비껴 있고

登臨使我不勝情	예 오르니 감회를 숨길 길이 없네
靑山隱約扶餘國	저 푸른산에는 부여국의 흔적이 숨어 있고
黃葉繽紛百濟城	낙엽은 옛 백제성으로 우수수 떨어지는구나
九月高風愁客子	가을바람 높으니 나그네는 시름에 겨워
百年豪氣誤書生	백년은 갈 것 같은 호기, 서생의 신세 그르쳤

구나

| 天涯日沒浮雲合 | 하늘에 해는 지고 뜬 구름이 저렇게 몰려 있 |

으니

| 惆悵無由望玉京 | 이제 어이하나, 차마 임금 계신 곳에 머리를 |

둘 수가 없네

남고산성 장대에 서면 당시 이성계가 '대풍가'를 불렀다는 오목대가 지척으로 내려다보인다. 한때 마음의 벗이었던 이성계와 정몽주는 여기 전주에서 사실상 결별함으로써 「하여가」와 「단심가」, 그리고 '선죽교의 핏자국'을 예고하게 된다.

서로 상반되는 이야기가 산 하나만큼의 거리를 두고 동시에 존재하는 도시가 이곳 전주이다.

조선의 발상지라는 사실만을 자랑했다면 정몽주의 이런 시와 일화는 역사 속에서 흔적도 없이 사라졌을 것이다. 새로운 왕조를 연 이성계를 자랑스러워 한 것도 전주 사람들이며, 왕조의 일몰을 안타깝게 지켜보던 선비를 오래 기억한 이들 또한 그 사람들이다. 이렇게 전주는 왕조의 흥망성쇠와 서로 다른 인생을 선택한 이들의 모습을 지켜보았다.

남고산성 아래쪽으로는 유서 깊은 사찰 '남고사'가 자리하고 있다. 동고사 등과 함께 사고사 중의 하나이지만, 창건에 얽힌 이야기로 보아서는 이 절이 가장 유래가 깊은 것으로 여겨진다. 『삼국유사』 등의 기록에 의하면, 고구려 말기 보덕(普德)이라는 고승이 있었는데 나라에 도교가 창궐하고 불법이 쇠퇴하자 하룻밤 새에 자신의 암자를 허공에 날려 백제 땅 완산주의 고대산(孤大山, 고덕산의 옛 이름)으로 옮기는 이적을 행했다는 것이다. 보덕화상은 후대 대각국사 의천에 의해 해동 열반종의 개창조로 추앙된 인물이다.

지금 읽자면 황당한 이야기로 들리지만, 여러 사서에 두루 기록된 것으로 보아 고구려의 고승 보덕화상의 망명은 당대 한반도의 지성계를 뒤흔든 일대 사건이었음에 분명하다. 보덕 화상이 이곳에 자리 잡은 시기에 대해서는 연구자에 따라 650년 설과 667년 설이 경합하고, 어떤 연구자는 650년에서 667년에 이르는 동안 남하하면서 자신의 불법을 세상에 퍼뜨렸다고 추론하기도 한다.

왜 보덕화상이 고구려를 떠났는가 하는 것도 역사의 수수께끼이겠지만, 왜 보덕이 다른 곳이 아닌 이곳으로 왔는가 하는 질문도 궁금증을 자아내기에 충분하다. 보덕화상이 이곳으로 자신의 도량을 옮겨 제자들과 함께 새롭게 사찰을 열어나갈 무렵, 백제와 고구려는 차례차례 망하고 그 영토와 주민들은 새롭게 신라에 편입되고 있었다. 남고사를 세운 이는 보덕화상의 막내 제자 명덕으로, 그는 백제 유민 출신이었다고 한다. 새롭게 신라의 통치 지역이 된 백제 고토에 고구려 출신 스승을 둔 백제 유민 출신 승려라니. 대수롭지 않게 보아 넘기기엔 그 조합이 심상치 않다.

이런 까닭에, 일부 연구자들은 보덕 화상의 이주를 '보덕국(報德國)'과 연관 짓기도 한다. 막 삼국을 통일한 신라는 밖으로는 당나라와 전쟁을 벌여야 했고, 안으로는 백제와 고구려 부흥운동에 시달려야 했다. 내우외환을 겪고 있던 신라 조정에 어느 날 희소식이 날아들었으니, 고구려 부흥군을 이끌던 안승이 내부 분열에 따라 신라에 투항을 해온 것이었다. 당시 신라 조정으로서는 강력한 도전자의 투항이 얼마나 고마웠던지 지금의 전북 익산 지역에 해당하는 금마저 인근을 모두 안승 세력에게 자치령으로 내주고 보덕국이라는 국호까지 내려주었다. 보덕국은 이렇게 670년에 세워졌고, 나당전쟁이 끝난 뒤 한숨 돌리게 된 신라에 의해 684년에 강제로 해체된다. 신라에 배신당한 고구려 유민들은 전주나 남원 등 주로 백제 땅에 강제 이주되었을 것으로 추정된다.

완산이었던 이 지역이 전주라는 새로운 이름을 갖고 통일신라 역사에 등장하게 된 것도 이 즈음부터라고 할 수 있다. 이때부터 전주는 한반도 서남부의 주요한 통치 거점 지역 혹은 관심 깊게 지켜봐야 할 지역으로 부각된다. 보덕화상이 이 지역에 터전을 마련할 즈음, 전주 인근에는 백제 유민과 고구려 유민이 뒤섞여 있고 새로운 통치 계층인 신라 출신들까지 이주해왔을 것이다. 상처는 아직 아물지 않았고 갈등의 조짐은 늘 팽배해 있던 곳. 무엇보다 국민 통합이 시급하던 혼란스러운 시기.

이 무렵, 신라의 고승 원효와 의상의 행적 또한 백제 부흥의 중심지였던 부안 일대에 집중되었던 것과 비교해보면, 피 냄새가 아직 지워지지 않았던 이 지역에 보덕화상의 자취가 많이 남을만한 이유가 있었던 셈이다. 피 흘리는 땅, 상처받은 영혼들에게 가장 절실하게 필요했던 것이 보덕화상과 같은 고승대덕들이었다. 보덕화상과 그 제자들은 주로 고덕산 일대에 10여 채의 사찰을 창건

했다고 전해진다. 이제 다른 절들은 책 속의 기록만으로 존재하나, 이곳 남고사만은 창건 설화 이후 이제껏 그 이름을 이어가고 있다.

남고사는 산 아래나 바깥에서 보면 그 안이 잘 보이지 않는 절집이다. 숲속에 깊이 숨어든 형세로 절집이 앉아 있어 산문 가까이에 이르러서야 요사채가 눈에 들어오는 곳이다. 사람들의 눈길이나 손길이 잘 닿지 않는 곳에 자리 잡은 새둥지 같은 형세다.

그래서일까, 이곳 남고사의 저녁 종소리, '남고모종(南固暮鐘)'은 예로부터 '전주 8경'의 하나로 손꼽힌다. 앞서 살펴본 '기린토월'을 비롯한 나머지 7개의 경관이 모두 시각적 이미지로 구성된 반면, 여기 남고사만은 눈에 보이지 않는 종소리라는 청각적 이미지로 부각된다.

소리는 보이지 않고 들린다. 시각적인 것은 대개 촉각도 동반하게 마련이어서 보이는 것은 만질 수도 있다. 소리는 잡히지 않는다. 따라서 그 파장을 측량할 수 없다. 예나 지금이나 여기서 퍼져 나가 그걸 듣는 사람들의 마음속에서 울리는 종소리가 큰지 작은지는 측정할 길이 없다. 흘러가는 시간이 그렇듯이, 마음에 쌓인 한이 그러하듯이. 그렇게 낮고 긴 음파가 사람들 마음결에 스며들듯이, 시간도 흘러간다.

남고산성 정상에서 산줄기는 고덕산 본줄기로 계속해서 이어진다. 여기서부터 산줄기는 거의 끊김없이 남쪽으로 이어진다. 산줄기만 따라 가다 보면 그야말로 첩첩산중에 빠져들게 되니, 적절한 지점에서 내려서야 한다. 원불교 대성교당에서 운영하는 '숲문화센터'와 '진양효도의 집' 쪽이 그곳이다.

구한말과 일제 강점기 때 수많은 신흥종교가 전국에서 우후죽

순처럼 일어섰다. 나라는 흔들리고 앞은 보이지 않았으니 당시 사람들의 불안감은 극에 달했다. 이때 일어난 신흥종교들은 이제 대부분 소멸했다. 원불교와 증산교 계열만이 우뚝하다. 원불교는 불교, 천주교, 개신교와 함께 국내 4대 종교로 손꼽힐 만큼 눈부시게 성장했다.

종교에도 일정한 성장 단계를 적용할 수 있다면, 원불교는 이제 청년기에 접어들었다고 해도 무방할 것이다. 원불교가 이와 같이 우리들 삶 가까운 곳에 자리 잡은 친숙한 종교로 성장한 까닭은 무엇일까. 종교학자들이 보다 적절한 응답을 하겠지만, 문외한의 입장에서 보자면 원불교에는 다른 종교에서 느껴지는, 다소 부담스러울 수도 있는, 진입 장벽 같은 것이 없기 때문이라는 생각을 한다.

원불교는 어느 종교보다도 소박하다. 창시자에 대한 과장된 신격화도 존재하지 않고, 성직자와 신자 사이가 가까우며, 어려운 말로 교리를 치장하지도 않는다. 자신을 긍휼히 여기는 마음과 검소한 실천…… 원불교의 미덕은 우리들 삶과 가깝게 밀착한 데서 나오고 그 수행은 '슬림'하다.

고덕산에서 객사골로 내려서는 골짜기를 따라 내려오면 산줄기가 감싸고 있는 제법 너른 분지가 펼쳐진다. 대개 산그늘 아래 골짜기에서는 침침한 느낌이 들곤 하는데, 이곳에서는 밝고 그윽한 느낌이 난다. 원불교 대성교당과 거기서 함께 운영하는 시설들은 낮게 깔린 볕이 가장 늦게까지 들어오는 산그늘 아래 모여 있다.

가까이 가도 원불교 대성교당이라는 푯말보다는 노인요양병원이나 숲문화센터, 황토방, 도자기공방 등의 간판이 먼저 눈에 들어온다. 이곳 시설은 종교 유무에 상관없이 찾아오는 모든 이에게 개방되어 있다. 이런 겸손함이 원불교를 100년도 안 되는 짧은 시간에 '민족 종교'의 반열에 올려놓는 원동력이 되었을 것이다. 당연히 순례길 느바기들을 반겨주고 기꺼이 숙소도 내준다.

고덕산 깊은 골짜기 안에 교당과 문화 시설, 요양 시설이 함께 들어서게 된 데에는 미담이 뒤따른다. 원불교 개창 초기 제자인 박진오라는 분이 이곳에 원불교 교당이 들어서길 발원함에 따라, 그 자녀들이 이 일대 부지를 모두 교단에 희사하여 마침내 이런 시설이 들어섰다고 한다.

나눈다는 것은 함께 더 크게 소유하는 일임을, 머리로는 이해하지만 실천하기란 도무지 쉽지 않다. 날이 갈수록 쩨쩨해지는 게 보통 우리들의 처지다. 부럽고, 배우고 싶은 마음. 실천하는 종교인의 삶으로 한 발자국 더 가까이 가는 길은 여기서부터 시작할 일이다.

사람의 마을을 지켜온 힘

대성교당에서 출발해 대성초등학교 쪽으로 빠져나와 길을 건너 둑방길에 올라서면, 이곳저곳에 여기가 '순례길'임을 알리는 표지판들이 보인다. 완주군 상관저수지까지는 계속 이 표지판들을 따라 걸어가면 된다.

이 길은 전주라는 도회지를 떠나 외곽의 산과 들을 향해 걷는 길이다. 평탄하고 볼거리가 꽤 많은 산책 코스라 할 수 있다. 농업이 주업이던 시절에는 최첨단 시설이었지만 이제는 가동을 멈춘 채 늙어가는 정미소가 잠시 걸음을 멈춰보라 손짓한다. 17번 국도를 달리는 차량들과 전라선 기차가 앞서거니 뒤서거니 시야에 나타났다 사라지는 풍경 또한 순례자의 발걸음을 절로 가볍게 한다.

수원지(水源池). 상관저수지를 전주 사람들은 그렇게 부른다. 용담댐이 건설되어 금강 물이 전주 사람들의 식수원이 되기 전까지, 여기 상관저수지에 담긴 물은 전주시민들의 식수원이었다. 상관저수지라는 인공적인 담수 시설이 생기기 오래 전부터도 여기 이 물길은 전주 사람들의 생명수였다.

아무리 전주의 산세가 좋다 하나, 전주천을 이루는 이 물길이 없었다면 전주라는 도시는 아예 성립조차 할 수 없었을 것이다. 산줄기처럼 즉각 눈에 띄는 것은 아니지만, 물줄기는 가만가만 전주로 흘러들어 그 땅을 적시고, 거기 사는 사람들을 목마르지 않게 해주었다.

사람이든 도시든 하나의 존재는 늘 다른 존재들의 도움을 받아 자신을 지탱하며 살아간다. 내 곁에 늘 묵묵히 존재하기에 외려 존재감을 쉽게 느끼지 못하는 이들이 우리에겐 있다. 부모나 형제도 그렇고 말없이 지켜봐주는 친구도 그렇지만, 여기 수원지에 오기까지 우리가 밟고 온 산과 들 또한 우리를 지켜봐주는 고마운 존재들이다.

제 잘난 맛에 사는 게 사람이어서, 우리는 때때로 이와 같이 고마운 이들의 존재를 망각하곤 한다. 나 혼자만의 힘으로 모든 길을 다 헤쳐 나왔다고, 오만하게 소리치기 일쑤인 게 사람이다.

산 그림자, 나무 그늘을 고스란히 담고 있는 수원지를 보라! 이 저수지를 가득 채우고 있는 저 그득한 물은 한 그루 나무뿌리를 타고 저 산 깊은 숲으로부터 왔고, 여기 고요하게 고여 있는 물이 있어 나무가 꽃을 피우고 산은 푸르르다. 서로 고마운 마음을 담아 물은 산 그림자를 받치고 출렁이며 나무는 나뭇잎을 그 물결 위에

떨궈준다. 주고받으며 이들은 하나다.

수원지를 빠져나온 느바기의 발걸음은 여기서부터 좀 한적한 오르막 산길로 접어든다. 코스 상으로 보자면 남쪽으로 향하다 동쪽 소양, 진안 방향으로 크게 돌아가는 것이라고 생각하면 된다. 여기서부터는 사람이나 마을이 잘 보이지 않는다. 어디선가 불어오는 바람, 먼 하늘에 떠 있는 구름떼와 함께 풀잎과 대화하고 나무 그늘의 농담(濃淡)을 살피며 걷는 길이다.

느바기의 걸음이 이어지는 이 길은 한때 나무꾼과 등짐장수의 길이었고 언젠가는 흙먼지 뽀얀 신작로였을 것이나, 지금은 새까만 아스팔트 포장도로가 되었다. 땡볕 아래 이글거리는 아스팔트 길이 산등성이 굽이굽이 치덕치덕 휘어 감고 넘어가는 것을 보고 있자면, 진하다 못해 뻔뻔하게 새까만 우리 시대의 정복욕 같은 것이 느껴질 때가 있다. 주위를 아랑곳하는 법이 없다. 거칠 것도 없다. 그저 더 많이 뻗어나가고자 할 뿐이다. 지난 몇 천 년 몇 만 년 동안 이 길을 이렇게 놓아둔 것이 아까워 죽겠다는 듯이, 이 길로 더 많은 차가 다녀야만 한다고 아스팔트길은 검은 입을 벌리며 숲과 산언덕을 삼키고 있다.

순례 느바기들에게 가장 걷기 힘든 길이 이런 길이다. 딱히 포장되어야 할 이유를 찾기 힘든 산속 깊은 곳까지 밀고 들어온 아스팔트길이 나를 그저 이곳으로 끌고 온 것 같은 느낌. 내가 길을 찾아온 것이 아니라, 길이 인도하는 대로 예까지 떠밀려온 것은 아닐까 의구심이 드는 순간. 언제부터 이렇게 우리는 조바심에 시달리며 산이고 들이고 미친 듯이 치달리게 된 것인지.

나는 순례자의 눈길이 닿는 모든 풍경이 아름답고, 고요한 명상의 세계로 인도한다고 말하고 싶지 않다. 우리 시대의 길은 우리들의 어지러운 마음만큼 난삽하다. 국토 곳곳은 난개발이거나 과도한 개발에 시달린다. 없어도 될 길 또한 적지 않다. 그렇게 상처받은 국토는 그곳을 바라보는 사람의 마음에도 예리한 상처를 남긴다. 산허리는 뭉툭하게 동강난 채 신음하고, 산중턱은 통째로 무너져 내렸다.

이렇기 때문에 순례와 순례자가 필요한 것인지도 모른다. 순례자는 경우에 따라 치유받길 원하며 길에 나서기도 하지만, 그 순례자의 발길이 상처받은 국토를 치유하기도 한다. 이 삭막한 산길에 새로운 의미를 부여해주는 사람, 이 길에 새로운 시간을 선물해주는 사람이 바로 느바기들이다. 아무도 찾지 않는 산속, 아스팔트길만 깜깜하게 뻗어나가고 있다고 생각해보라. 어쩌다 쌩쌩 고무 타이어 바퀴만 지나간다고 생각해보라. 저 산은 얼마나 무섭고 외로울 것인가.

내가 순례자이며 수호자일 때, 저 산과 들과 물과 하늘이 또한 당신을 지켜보고 또한 지켜준다. 물아일체(物我一體)의 경지가 마음에서만 가능한 일이 아니다. 몸이 행하고 몸으로 얻는 경지가 물아일체의 지경인지도 모른다. 사람들의 발길과 훈김이 닿을 때, 전주의 외경(外境)에 불과했던 이 산줄기가 우리들의 시간 속으로 뿌리 뻗어 내려 다가온다.

당연한 이야기이지만, 순례길의 주인은 이 길을 찾는 느바기들이다. 느바기들의 안전이나 초행자 길 안내 등의 이유로 순례길 사무국과 해당 지역 자치단체 등에서 코스를 조금씩 변경하곤 한다. 수원지를 지나 소양 화심 방향으로 넘어가는 코스가 최근 바뀌었다. 차가 다니는 길을 순례길로 함께 이용했으나, 안전상의 이유와 만덕산 접근성 등을 감안해 의암마을 뒷산에서 곰티재[웅치, 熊峙]로 넘어가는 산길로 변경한 것이다. 산등성에 올라서서 보면 운장산-연석산-주주줄산-보룡고개-모래재 등과 이어진 산줄기가 모두 조망된다.

이 길을 넘어가면 전주-진안을 이어주던 아주 오래된 길, 곰티재길로 들어서게 된다. 곰티재는 평야부에 속하는 전주와 전북 동부 산간지대인 진안고원을 잇는 최초의 가도임에 분명하다. 역사책을 뒤적이면 조일전쟁 당시 조선군과 일본군이 치열한 교전을 벌였던 지명 중 하나로 이 고갯길이 등장한다. '웅치전투'가 그것이다. 곰티재 길 최정상부에는 이를 기념하는 전적비가 서 있다.

웅치전투는 조일전쟁 발발 초기, 바다에서 벌어진 이순신의 '한산대첩'과 깊숙이 연계된 아주 큰 전투였다.

경상도 지역을 전쟁 초기에 모두 짓밟은 일본군은 자신들이 일찍부터 세워둔 전략에 따라, 본격적인 전라도 침공전을 감행하기에 이른다. 육군은 전라도의 중심 전주성을 공략하고, 몇 차례 전투에서 이순신 함대에 패한 일본 해군 또한 자신들의 해상 전력을 총결집해서 조선 수군 괴멸 작전을 수립한다. 조선의 조정은 평양성에서 코앞에 밀려온 고니시 유키나가의 부대에 의해 위협을 받고 있을 때였다. 일본군은 전라도를 제외한 한반도 중남부 전역을 석권한 상태여서, 전라도마저 앗긴다면 조선의 운명은 그야말로 백척간두에 선 것이 되고 말 지경이었다.

금산에서 출발한 일본군 제6대 고바야카와 부대의 전라도 육상 침공로는 운주와 진안 방향이었다. 조선군의 방어선 또한 대둔산 부근의 배재[이치, 李峙]와 이곳 곰티재에 펼쳐졌다.

임진년 음력 7월 7일, 곰티재를 통해 진격하기 시작한 일본군 승려 장수 안코쿠지 부대 1만 병사와 마주한 조선 관군과 의병 합동부대는 그야말로 사력을 다해 전투를 벌여 다음날까지 이어졌고, 조선군이 모두 전멸하고 나서야 전투는 끝이 났다. 이틀간의 전투를 통해 상처뿐인 승리를 얻은 일본군 또한 배후의 조선 의병을 의식해 결국 전주성 진격을 포기하게 된다. 음력 7월 8일, 고바야카와를 맞이한 배재전투 또한 곰티재전투와 비슷하게 전개되어 고바야카와 본대도 결국 금산으로 퇴각하게 된다.

퇴각을 하던 일본군 부대장 안코쿠지가 곰티재를 가득 뒤덮고 있던 조선군의 주검을 수습한 뒤 '조선국의 충의로운 병사들의 죽음을 애도한다(弔朝鮮國忠肝義膽)'는 비를 세웠다는 이야기는 유명하다. 이어 음력 7월 10일, 이순신 장군과 조선 수군에 의해 저 유명한 '한산대첩'이 펼쳐진다.

하루 이틀 간격 사이로 전라도 지역을 두고 육상과 해상에서 동시다발적으로 벌어진 전투에서 조선군은 방어에 성공함으로써 전라도를 장악한 뒤 서해안을 통해 평양-중국으로 진군하려던 일본군의 침략 구상이 결정적으로 어그러지기 시작한 것이다. 이때 육상과 해상에서 거의 동시에 이루어진 전투는 서로 깊은 연관을 갖고 있다. 둘 중 어느 한 쪽이라도 뚫렸더라면 그 이후 전쟁 양상은 지금 우리가 아는 것과 사뭇 달랐을 것이다.

이처럼 역사를 돌이켜보면 아찔한 순간, 숙연해지는 순간들이 있다. 전주-진안간 간선도로의 기능을 모래재에 넘긴 이후로 '묵은 길'로 변한 지 어느덧 수십 년, 곰티재를 일부러 찾는 사람들은 이제 거의 없다. 400여 년 전 이곳에서 조선의 명운이 걸린 일대 전투가 벌어지고, 바로 이 자리에 수천 명이 생명을 다했다는 것을 기억하는 이도 이젠 거의 없다. 사람들을 망각으로 몰고 가는 시간의 힘은 이처럼 무겁고 한편으론 가볍기 그지없다.

만덕산 원불교 초선(初禪) 터

전주-진안간 도로였던 곰티재 길은 행정구역상으로는 완주군 소양면과 진안군 부귀면 사이에 있다. 한반도의 큰 산줄기인 백두대간 중 호남정맥이 흘러가는 지점이다. 이런 지형적 조건으로 산등성이 이쪽이든 저쪽이든 모두 예전에는 산간오지였고 각각의 권역 중심부에서 가장 먼 변경일 수밖에 없었다.

만덕산은 진안군을 중심으로 보았을 때 완주군과 경계를 이루는 가장 외진 곳에 있는 산이다. 이런 오지에 원불교 개창조 소태산 대종사와 2대 종법사 정산 종사가 찾아와 수행을 하던 게 1922년이다. 그 무렵은 아직 '원불교'라는 정식 교단이 세상에 나오지도 않았던 때였다. 이곳에서 3개월여 수행을 거듭하면서 진안 지방 교도들을 얻게 된 소태산 대종사는 1924년 익산에서 '불법연구회'라는 임시 교단을 설립한다. 이어 다시 제자들과 함께 만덕산에 들어와 한 달여 동안 선 수행을 한다. 이때 참선에 참여했던 이들 중에 열한 살에 불과했던 성수면 좌포리 출신 김대거가 있었으니, 이분이 훗날 원불교 3대 종법사가 된 대산종사이다. 이러한 인연으로 이곳에 만덕산 훈련원이 건립되어 지금도 원불교 수행자들의 참선 도량으로 이용되고 있다.

만덕산 산길을 걸어 내려오며 생각한다. 한반도 전체가 암울했던 1920년대, 이 어둑한 산길을 찾아든 젊은이들의 마음에는 어떤 생각이 깃들었을까?

살아간다는 일은 거개가 뒤로 되돌아갈 수 없고 앞은 어두컴컴한 법이다. 내 앞길을 비춰주는 외부의 불빛이 없다면, 결국 스스로 마음의 심지에 불을 댕기는 방법밖에 없었을 것. 구도자에게만 구도의 길은 열리게 마련. 90여 년 전 이곳에는 자기 자신에게 불을 밝히려 했던 이들이 걷고 있었다!

가장 외진 곳에서, 마음의 끝자락에서부터 일어난 작은 불꽃을 소중하게 키워내, 마침내 함께 크고 환한 불 테를 이루기까지, 이들은 이 깊은 산속에서 웅크려 자신의 마음속에서 한 소식이 들려오길 기다리고 기다렸을 것이다. 기다린다는 것은 시간을 견딘다는 것이다, 회의와 불안에 시달리는 자기 자신을 스스로 다독이는 일이다.

지금 이 길을 걷는 느바기들 또한 그럴 것이다. 오직 걷기 위해, 다리 근육을 강화하는 것에만 목적을 둔 것이 아니라면, 이 길을 걷는 동안, 그 길을 걷는 내 안에서 어떤 목소리가 터져 나오길 기대한다. 나의 내부에서 터져 나올 한 소리를 듣기 위해서 느바기는 세 가지를 견뎌야만 한다.

"앞으로 이어질 길의 공간적 거리와 험난함."

"길 위에서 순례자들에게 말을 거는 풍경들과의 대화."

"그 길을 걷는 동안에 소요되는 나의 시간과 체력."

곰티재를 내려오면 화심으로, 화심에서 송광사 쪽으로 길은 이어지고, 여기가 1코스의 마지막 부분이다. 1코스는 전장이 약 70리(28km) 가량 되며, 코스를 확장할 경우 걸어야 할 거리는 더욱 늘어난다. 산에 오르고 내리길 반복해야 하며, 보고 생각해야 할 것이 많은 코스였다. 이쯤 오면 느바기들의 걸음은 자연스럽게 처지게 마련.

화심에서 순두부찌개라도 한 그릇 하며 서둘러 기운을 챙기자. 해는 저물었으나, 길은 계속 이어진다. 해가 뜨면 다시 거기가 출발점이다.

3. 생각을 하면서 걷기

끝과 시작, 종남산 송광사

2코스의 출발점은 당연히 1코스의 종착점이다. 좁은 식견으로는 이런 것이 불교에서 말하는 연기(緣起)라고 생각한다. 나는 지금 왜 여기 서서 다시 신발끈을 동여매는가? 내가 어제 이 자리에 왔기 때문이다!

인연(因緣)이란 이처럼 우연적인 원인으로 시작된 일을 필연적인 결과로 이어가는 걸 말하는 게 아닐까? 나는 어제 왜 여기 당도하게 된 것일까? 올 여름엔 '순례길'을 모두 걸어봐야겠다는 마음이 부지불식간에 일었을 수도 있고, 주변 사람들의 권유에 의해 그냥 한 번 나섰을 수도 있다. 사실 이건 누구나 할 수 있는 일이다. 중요한 것은 그 다음 단계이다.

'어쩌다 한 번' 순례길 1코스를 걸어본 사람에 비유해보자. 1코스를 걸어보아서 '순례길'에 대해서 얼마큼 알게 되었는데, 아침에 일어나고 보니 장딴지는 뻐근한데다 어깨는 배낭 매길 거부한다. 머리로는 다음 코스가 어느 정도 짐작이 되고, 몸은 예상되는 고통이 또 하루 연장되는 것에 대해 거부감을 노골적으로 드러낼 때.

뭐, 이 정도면 되지 않았을까. 마음속에서는 그런 목소리가 들리는 것은 당연하다.

'처음'만큼이나, 아니 처음보다 더 힘든 게 두 번째 단계이다. 창업보다 수성이 힘들다는 이야기나, 운동선수에게 '2년차 징크스'가 있다는 것도 이와 비슷한 맥락일 터이다.

동양 고전 『대학』에 '구일신(苟日新)이어든 일신우일신(日新又日新)하라'는 구절이 있다. 비유하자면, 얼굴이 더러운 사람이 어느 날 문득 세수나 한 번 해볼까 마음먹을 수 있다. 거울을 보니 자신이 얼굴이 어제와 다르게 말끔해져 있다. 스스로 대견하고 흡족하다. 문제는 그대로 방치하면 다시 얼굴에 차츰차츰 때가 낀다는 것. 스스로 흡족하게 여긴 새 얼굴이 마음에 든다면, 앞으로는 날마다 세수를 해야만 한다. 날마다 씻고 또 씻어야 자신이 원하는 자신의 모습을 유지할 수 있는 것. 세수를 하면 깨끗해진다는 것도 알고, 세수를 하는 일이 번거롭다는 것도 안다.

그렇다면, 이제 더 이상 선택은 미룰 수 없다! 두 번째 발걸음을 떼는 일, 두 번째 코스에 나서는 일은 자문자답과 자기결단을 요구한다. 어제 걸었던 길과 비슷하면서 또 완전히 새로운 코스가 있다. 여길 가려면 스스로 수고를 감내해야 한다. 어쩔 것인가? 이처럼 시작은 또 다른 시작을 부른다. 종착점은 늘 새로운 출발점이 되는 법.

종남산이란 이름의 유래에 대해 여러 설이 있다. 먼저, 중국의 명산 중 하나로 당나라 시절 불교와 도교가 번창했던 종남산으로부터 이름을 빌려왔다는 설이 있다. 이보다 더 유력한 설로는 송광사를 창건한 도의선사가 이곳에 당도해 너무 흡족한 나머지 '도량

자리를 찾아 더 남쪽으로 갈 필요가 없겠다[終南]'고 한 데서 유래했다는 말이 있다.

어떤 이야기가 사실인지는 알 수 없고, 그걸 밝히는 것도 중요한 일이 아니다. 어떤 이야기에 더 마음이 끌리는가? 그렇게 끌리는 마음이 종남산이라는 산을 순례자만의 특별한 산으로 만들 것이다.

'송광사'는 순천 조계산에 있는 승보(僧寶) 사찰 송광사와 한자 이름까지 똑같다. 천오백여 년에 가까운 역사를 지닌, 이 나라의 불교 사찰 중에 비슷한 이름을 가진 사찰은 얼마든지 있을 수 있다. 하지만, 한 쪽이 다른 한 쪽의 명성을 슬쩍 빌려 쓴다거나 혹은 다른 한 쪽을 너무 의식해 과장된 포즈를 취하는 경우가 생기면 곤란하다. 583년 도의선사에 의해 처음 절터를 잡은 이래, '백련사'라는 이름을 지녔고 한때는 600여 명의 승려들이 수행할 정도의 규모였다는 과거를 생각하면, 이곳 완주 송광사도 순천 송광사에 뒤지지 않는 명찰임을 강조하고 싶은 생각을 가졌음직하다.

굳이 자신을 내세우지 않고, 그러면서도 시간 속에서 그 진가를 인정받는 일이 얼마나 지고한 내공을 필요로 하는 일인지는, 스스로의 삶을 돌아보면 쉽게 알 수 있다. 학교나 직장에서 늘 경쟁에 시달리면서도 이기고 싶고 뚜렷한 존재가 되고 싶은 조바심을 스스로 통제한다는 일은 어지간히 굳은 마음이 아니고선 어렵다, 자꾸만 다른 사람을 의식하게 되고, 슬금슬금 일어서는 시기나 질투가 자신의 내부를 향하면 무력감이나 자존감의 상실 같은 것을 부르는 때도 많지 않던가. 이곳 송광사는 자신의 존재를 기억 속에 각인해달라고 강청한 적 없이, 지금껏 묵묵히 완주군 종남산 밑에 있는 수행 도량으로서 자신의 역할에 충실했을 뿐이다.

그런 사이, 진입로에서 송광사에 이르는 벚나무는 봄마다 활짝 꽃을 피웠고 대웅전과 종루와 사천왕상은 그 가치를 인정받아 국가 보물로 지정되기에 이르렀다. 잔잔히 다가오는 물결처럼, 송광사는 이 지역 주민들에게 편안하고 푸근한 절집으로 오랫동안 자리했다. 앞으로도 그러할 것이다. 대중의 마음속에 남아 있는 사찰, 옆 동네 마실 가듯 쉽게 찾아갈 수 있는 절집.

송광사를 찾을 때마다 '두 번째', '다시 시작하는 것', '2등의 자리'에 대해 생각하게 된다. 이게 완주 송광사가 순례자에게 가장 먼저 안겨주는 선물이다.

송광사가 큰길가를 비켜 서 있는 것도 마음에 든다. 어제 지나온 곰티재와 옛 모래재 가는 길, 26국도로 사용되는 보룡재 길, 거기에 더해 익산-포항간 고속도로 구간까지, 이 부근 소양-진안 간은 한국 도로 굴착의 역사를 축약해놓은 곳이라고 할 수 있다. 새로운 도로가 생길 때마다 옛 도로는 순식간에 용도폐기 된다. 그 옛길들을 지금 가보면 그 길들이 벌써 나를 잊었냐고 원망하고 있는 듯한 느낌을 받을 때가 있다. 옛길은 쓸쓸하고 그 옆이나 위로(심지어는 아찔하게 높은 허공 위에) 건설된 새 도로에서 차들은 쌩쌩 달린다. 그 속도 속에서 옛것들이 보유했던 시간과 사연들 또한 쏜살같이 사라지고 있다.

기술은 속도를 배가시키고 더 빨라진 속도를 통해 끊임없이 시공간 단축 경쟁을 벌여온 것이 근대 이후 우리가 채택한 보편적 삶의 양식이다. 그런 과정에서 인간은 자연을 무차별적으로 착취했고, 폭발적인 에너지 소비 증가로 인해 지구는 더 더워지고 더럽혀졌다. 이러한 모든 변화를 불러온 원인 제공자인 인간도 이로 인해 별반 좋아진 게 없다. 아니, 우리 스스로 삶의 질은 더욱 나빠졌다고 여긴다. 갈수록 심해지는 소외와 불평등, 누적된 속도 피로감 속에 마침내 혼자서 외롭게 살아가게 되었다고 여기게 되었다.

이것이 우리로 하여금 땡볕에 땀 흘리며 터벅터벅 길을 걷게 하는 원인인지도 모른다. 인간 스스로 감당할 수 없는 시대의 속도, 내 안의 속도 울렁증을 스스로 치유하기 위해 내딛는 느린 발걸음. 길을 걷는 내내 바쁘게 달려가는 차량 행렬을 피해 길 그늘 속을 걸어가는 느바기들의 모습은 묘한 대조와 감흥을 불러일으킨다. 우리는 지금 느바기로 걷고 있지만, 이 길을 걷고 난 뒤에는 차량을 운전하게 된다. 이분법적으로 어떤 삶이 더 좋은 것이냐, 묻는 것은 무의미한 일이다. 우린 늘 두 가지, 아니 천 가지 만 가지 삶을 동시에 살아가게 마련이다. 어쩌면 그래서 2코스와 같은 순례 길이 설계된 것인지도 모른다.

때로 우리는 스스로 자신을 치유해야 한다. 나를 둘러싼 자연과 사람들을 조금 더 넉넉하게 바라보는 것. 자칫 나만을 중심으로 생각하기 쉬운 삶에서 한 발 비켜나 '교감'에 대해 생각해보는 것. 애써 외면하며 살아왔는지도 모를 '내 안의 영성'을 되살리는 것. 이제는 쓸쓸하게 묵혀진 이 길을 위로하자!

길이 우리를 위로해주기만 기다릴 것인가, 길도 위로가 필요할 때가 있다. 통행로의 기능을 다 한 옛 도로들은 이제 다시 원래의 모습으로 돌아가야 한다. 제 갈 길을 제대로 찾아가고 있는지. 사람들에 의해 혹사당한 상처로 인해 복귀에 어려움은 없는 것인지. 둘러보고 살펴보는 것이 그동안 이 길을 이용한 사람들이 보여줄 수 있는 최소한의 예의이고 애정이다. 위로를 주고받는 것, 관심을 서로 주고받는 것이 교감이다.

'너 여기 있었구나, 나도 여기 왔어⋯⋯!'

이름을 불러주는 것보다 더 따뜻한 어루만짐은 없다.

누군가의 배경이 되어주기

송광사를 나오면 길이 여러 갈래로 나뉜다. 송광사 주차장 뒷편으로 해서 봉서사(鳳棲寺)로 가는 길도 있고, 위봉사(威鳳寺)와 위봉산성을 향해 쭉 올라가는 길도 있다. 모두 다 놓치기 아쉬운 길이다. 갈림길이란, 이렇게 마음을 설레게 하고 또 아쉽게 한다. 그 아쉬움을 간단한 소개로 달래본다.

봉서사는 조선 선조대의 고승 진묵(震默, 1562년~1633년)대사와 깊은 연관이 있는 사찰이다. 진묵대사는 일곱 살 때 사람들이 함부로 내팽개쳐 죽게 된 개구리를 보면서 봉서사로 출가, 조일전쟁으로 인해 찢기고 망가진 민중들의 영혼을 달래고 그들과 애환을 함께 한 스님으로 많은 불교적 전설과 민담의 주인공이 된 분이다.

먼 곳에 난 큰 불을 상춧잎을 흔들어 껐다거나, 사람들이 이미 뜨거운 물에 팔팔 끓인 물고기를 남김없이 먹어치운 뒤 개울에 가서 바지춤을 내리고 똥을 누니 그게 다시 환생한 물고기로 살아났다거나 하는 민중친화형 설화 속에는 진묵대사가 단골로 등장한다. 그런가 하면, 며칠씩 침식마저 잊고 공안에 매달린 학승의 전범으로 지금도 수행자들의 귀감으로 운위되고 있는 분이기도 하며, 봉곡 선생이란 유생과 얽힌 일화 속에서는 당대의 지배 이데올로기에 대한 대항자로서 이미지도 강하게 드러난다.

'천둥소리 같은 침묵'이란 심상치 않은 법호처럼 다양한 삶의 모습을 스스로 원융회통(圓融會通)한 큰 스님으로, 당대 민중들은 진묵대사를 조선 땅에 환생한 석가모니 부처로까지 여겼다고 한다. 그만큼 큰 사랑과 존경을 받았다는 뜻일 게다. 입적한 이후에도 진묵대사는 봉서사에 부도탑으로 남아 '존재하지 않으면서도 존재하는' 높은 경지를 보여준다.

위봉사는 위봉산성, 위봉폭포 등과 함께 묶여서 이야기되는 전주 인근의 대표적 명승지이지만, 이와 같이 수려한 경관으로 인해 오히려 절집으로서 내력이 가려져 있는 곳이기도 하다. 위봉사는 일제 강점기 때까지 전북 지역 모든 사찰을 관할하는 본사의 역할을 수행하기도 했던 거찰로, 근대 한국 불교의 대강백으로 현 조계종의 초대 종정을 지낸 석전(石顚) 박한영(朴漢永, 1870년~1948년) 스님을 배출한 명찰이다. 일제 강점기를 거치면서 조금 쇠락한 느낌이 있었지만 20여 년 전부터 대대적인 중창불사로 예전의 규모를 되찾아가고 있다.

백두대간 호남정맥의 중요한 맥점에 해당하는 주줄산(혹은 주화산) 줄기를 따라 이어지는 위봉산성은 전란 때 임시 지휘소라 할 행궁이 있었던 곳이다. 위치는 앞장에서 살펴본 배재와 곰티재 중간 지점에 해당한다. 수려한 전망이란 전략적으로 훌륭한 관측소의 기능을 할 수 있다는 뜻. 이곳에 올라서 보면 주화산에서 진안 마이산까지, 운장산-구봉산-대둔산 줄기가 시원하게 한 눈에 들어온다. 위봉사가 이 산이 갖는 지리적 요충을 배경으로 삼아 지어졌듯, 산정에서 보면 위봉사 또한 우리 눈앞에 펼쳐지는 풍경의 좋은 배경으로 서 있다. 위봉 폭포는 큰길에서도 바라볼 수 있다. 인근 용진면 구억리 출신으로 조선 후기 명창 중 한 분으로 손꼽히는

'비가비' 권삼득이 여기 폭포 아래에서 쏟아지는 굉음과 맞서 마침내 자신의 소리를 얻었다는 이야기가 전해진다.

우리가 선택해야 할 길은 송광사에서 대흥리 쪽으로 이어지는 길이다. 지금은 음식점 간판이 더 눈에 잘 들어와, 이 지역을 전주 시민들의 드라이브나 외식 명소로 알고 있는 이들이 더 많지만, 오랫동안 전국 최고의 한지를 생산하던 곳이다. '전주 한지'의 본산지가 이곳이었던 것이다.

한지는 닥나무를 원료로 만들어진다. 현 대흥리 일원의 여러 마을들이 전주 한지의 최대 생산지였다는 것은 이 지역에서 그만큼 양질의 닥나무를 얻을 수 있다는 뜻. 닥나무 생육에 필요한 기후나 지질학적 조건에 대해서는 앞으로 더 많은 조사가 이어져야겠지만, 이곳에서 생산된 최상급의 한지가 있어 전주의 위대한 출판 전통도 가능했고 전주가 서화의 본향이란 명성을 얻을 수 있었다는 것만은 분명하다.

사람들은 서책이나 서화 그리고 거기 담긴 내용을 기억할 뿐, 이 종이가 어디서 어떻게 만들어졌는지에 큰 관심을 두지 않는다. 대흥리 일원은 지난 수백 년 간 묵묵히 조선 최고의 문화도시 전주의 이름 없는 배경으로만 존재해왔다.

'한지 생산-서화 배첩, 출판의 기반 형성-기록문화의 흥성'과 같이, 한 방향으로만 일이 진행되는 것도 아니었을 것이다. 역으로, 기록문화에 대한 욕구가 이 지역을 닥나무 재배와 한지 생산지로 만들었을 수도 있다. 순서는 문제가 되지 않는다. 깊은 상호연관성 하에서 대흥리 한지가 전주를 중심으로 한 문화 융성의 일익을 담당했다는 사실이 중요하다.

'천년 한지'라는 말이 있다. 요즘 자동화된 공정에서 화학 처리된 펄프 종이로 만든 책들은 10년만 지나도 버석버석 바스라지고 잉크가 날아가기 시작하지만, 한지로 만들어진 책들은 몇 백 년이 지나도 여전히 손상이 없다. 대흥리는 이제 더 이상 한지를 생산하지 않지만, 예전에 이곳에서 만들어진 한지들은 지금도 책이나 그림, 서예 작품으로 세상에 남아 자신의 출생지가 갖는 문화적 의의를 묵묵히 증언해준다.

먹은 갈아놓은 돌가루에 나무를 태우고 남은 그을음과 아교 등을 섞어 만든다. 한지는 그 단단하고 무거운 고형분들을 모두 제 몸으로 받아낸다. 붓을 든 이의 필획이 흘러가는데 한지는 걸림이 되는 일이 없고, 제 매끄러움을 뽐내느라 붓이 가는 길을 미끄러지게 하지도 않는다. 한지는 자신에게 주어진 필압(筆壓)과 먹의 농담(濃淡)을 한 점 가감 없이 모두 받아들인다. 그러면서도 일체 흐트러짐이 없다.

배첩한 지 오래되어 때가 낀 한지 병풍을 다시 표구하는 것을 본 적이 있는가? 놀라지 마시라. 병풍에서 뜯어낸 한 장 한 장 몇 백 년 된 종이를 흠뻑 물에 담가 빨고 헹군다! 그렇게 깨끗이 헹구고 나면 누렇게 빛이 바랬던 한지가 마치 목욕을 마치고 나온 아이처럼 말끔한 모습으로 거듭 난다. 자신과 이미 한 몸인 돌가루 한 점 떨구는 법 없이.

앞으로는 많은 기록물들이 '디지털 아카이브' 형태로 보관되겠지만, 지난 천년 이상 인류의 지적 자산은 대부분 종이로 만들어진 책을 통해 보존되고 전파되고 계승되었다. 대흥리에 더 이상 닥나무가 자라지 않고 한지 생산이 멈췄다는 것은, 우리가 지금 거대한 문명 전환기를 살아가는 것을 실감케 해주는 사건이라고 할 수 있다.

앞으로 우리 앞에는 어떤 삶이 펼쳐지게 될까? 전개될 미래는 알수 없지만 분명한 게 하나 있다. 인류는 오랫동안 종이와 종이의 재료가 되어준 나무, 제지 장인들에게 크게 빚지고 있었다는 것!

대흥리를 통과하는 동안, 길가에서 보이는 숲속 어디 닥나무가눈에 띄거든 잠시 걸음을 멈추고 눈인사라도 한 번 하고 가자. 이제 역사적 소명을 거의 다한 닥나무에게는 자신을 기억해주는 사람이 새롭고 든든한 친구가 될 것이다.

오도재 넘어 독촉골저수지까지

'조화'란 말은 사람보다는 자연에 훨씬 잘 어울리는 말이다.

몇 십억 년 동안, 조금씩 조금씩 몸을 비틀어가며 최적의 공생 조건을 찾아 자신을 조정해온 것이 자연이다. 인간의 눈에 보이는 모든 자연 환경은 그와 같이 오랜 노력의 소산으로 존재하는 것이어서, 큰 산봉우리에서부터 한해살이 들풀까지 그 존재의 표현이 더할 나위 없이 자연스럽고 서로서로 잘 어울린다. 순례자가 보는 모든 풍경은 죄다 '원래부터 이랬다'는 표정을 짓고 순례자를 맞이한다. 늘 불화하고 좌절하고 분노하는 인간으로선 부러울 수밖에 없는 풍경.

사람들이 휴일이면 땀을 뻘뻘 흘리며 산에 오르는 이유 중 하나가 조화를 이룬 자연이 주는 안정감을 그리워하고 배우고 싶어 하는 탓이라고 생각한다. 나무는 나무대로 풀은 풀대로 모두 자신에게 가장 어울리는 자리를 찾아 서 있고, 숲에 깃들어 살며 땅을 기어 다니는 생명이나 나뭇잎 사이를 포르르 날아다니는 생명 또한 숲의 질서 속에서는 자연스럽기 그지없다. 사람들의 거친 발소리와 숨소리만이 부자연스럽게 느껴질 뿐이다.

대흥리 오성마을 쪽에는 이 지역의 명소가 된 '오스 갤러리'가 자리 잡고 있다. 카페와 레스토랑을 겸한 문화 공간으로 송광사와 위봉사를 찾는 이들에게 좋은 쉼터가 되고 있다. 이 지역의 긍지가 담긴 한지 공예 작품 전시회가 자주 열리는 게 무엇보다 반갑다.

오도재는 종남산과 서방산 사이를 가로질러 넘어 가는 고개로 행정구역상 완주군 소양면과 고산면을 나눈다. 오도재 입구는 조금 주의해서 찾아야 한다. '순례길' 표지판이 잘 안내를 해주지만, 산길을 찾아야 한다는 생각을 하지 않고 무심코 지나치면 그냥 마을길을 따라 들어갈 수도 있다. 오도재 넘어가는 길은 산림청에서 관리하는 산간 임도이다. 구불구불한 오르막길이 한참 이어진다. 이런 산길을 4km, 십리 남짓 오르내려야 한다. 하지만, 걷기에 그리 힘들지는 않다.

처음에는 좁은 비포장도로와 같은 길이 느릿느릿 휘어져 오르는데, '순례길' 느바기 외에도 서방산, 종남산 등산객들도 자주 만날 수 있다. 말하자면, 이 길은 위봉산성 아래쪽에 해당된다. 산객들과 눈인사를 나누고 연이어진 산봉우리의 흐름을 눈으로 쫓다보면 곧 오도재 마루가 나타나는데 여기서 산길은 또 여러 갈래로 나뉜다. 서방산, 종남산 혹은 고산 자연휴양림, 더 멀리는 대아수목원과 운장산 쪽으로 갈 수 있는 산길이 모두 여기서 나뉜다.

순례자가 택할 길은 독촉골로 내려가는 내리막 숲길이다. 이 숲길이 오도재 구간의 백미라고 할 수 있다. 숲이 울창하면 자칫 음침한 느낌이 들 수도 있는데, 이 길은 맑고 환한 그늘을 제공한다. 이렇게 느끼는 이유가 있다. 누군가, 우리로서는 그 실명을 알 수 없는, 어떤 이들의 애정과 배려가 이 길을 감싸고 있기 때문이다. 그런 배려의 흔적을 보게 될 때마다 순례자는 든든함을 느끼게 된다.

산길은 지형적 조건에 의해 형성되고, 숲의 짐승들이나 나무꾼, 소금장수 같은 사람들에 의해 오랜 시간 자연스럽게 닦여진 것이어서 보통 사람들도 자신의 두 다리만으로 오르내리는 데에 큰 불편을 느끼지 않아야 한다. 이렇게 자연스럽게 조성된 길을 지방자치단체 등에서 등산객을 위해 개선한다고 손을 대는 경우가 많은데 대부분 개악에 그치고 만다. 굳이 다리를 놓지 않아도 될 곳에 다리를 놓고 산을 빌딩으로 착각했는지 줄창 계단만 척척 쌓아올린 길들이 그런 길이다.

다행히 오도재 산길은 원래 있던 산길을 바탕으로 안전상 필요한 최소한의 보강 조치만 취했을 뿐 과도하게 손을 대지 않아 옛 산길의 정취가 고스란히 살아 있다. 등산객의 발길이 미치지 않는 자투리 땅 군데군데 역시 매우 자연스럽게 야생화 군락지를 조성해두었다. 그것이 이 오도재 길을 걷는 이를 상쾌하게 만드는 원인이리라.

이처럼, 어떤 이들은 다른 이들을 위해 묵묵한 배경이 되기도 한다. 다른 이의 안전과 쾌적함을 자신의 기쁨으로 삼는 이들이 있다는 것. 이 길이 더 마음에 남는 이유이다.

오도재 내리막의 끝에 오덕사라는 사찰이 있다. 여기서 잠시 숨을 돌리고 땀이 식기 전에 걸음을 재촉하자.

평탄한 가로수 그늘이 한참 이어진다. 흙 냄새, 나무 냄새, 물 냄새가 서로 어우러져 바람에 묻어오는 길이다. 십리 남짓 이런 길이 이어지는 이곳을 사람들은 독촉골이라고 부른다. 마을 이름의 유래에 대해서는 명확히 대답해주는 이가 없다. 걷는 동안 쏙독새가 많이 우는 골짜기란 이름이 어찌어찌하여 독촉골로 이름이 바뀌었나, 아니면 철쭉이나 진달래가 많이 피는[篤躅] 골이라는 뜻인지 생각해보지만 딱히 그럴듯한 답이 떠오르지 않는다.

세상 많은 일은 이처럼 오리무중이다. 어쩌면 그게 우리가 길을 걸어야 하는 이유 혹은 즐거움인지도 모른다. 인터넷과 SNS 등으로 인해 우리는 세상일을 대개 다 알고 있는 것처럼 착각하고 살아가지만, 이처럼 조금만 걸어 나와도 세상은 모르는 일투성이다.

알 수 없는 일이 많다는 것. 내가 걸어 나와야만 나의 무지를 깨닫게 된다는 것. 참다운 깨달음은 자신이 아는 게 많지 않다는 걸 인정하는 것으로부터 시작한다고 옛사람들은 이야기했다. 새삼 그 옛사람들 이름 하나 하나가 궁금해진다.

한반도의 전형적인 지형을 흔히 비산비야(非山非野)라고 한다. 이러한 환경으로 인해 자연적으로 형성된 마을들은 오랜 시간 동안 경제적 공동체나 문화적 공동체를 이루고 있었고 혈연과 지연의 바탕이 되었다.

'오리부동속(伍里不同俗)'이라는 말이 있다. 실제 거리상 정확히 오리(2km)마다 마을이 있고 그 마을마다 풍속이 다르다는 뜻은 아닐 게다. 각각의 마을마다 모두 개성이 있다는 뜻 정도로 해석하는 게 더 정확할 것이다. 지금은 '전국 1일 생활권' 시대다. 각종 미디어 네트워크로 인해 도농 간의 정보 격차도 거의 존재하지 않는다. 이런 변화가 나쁜 것은 아니다. 옛날을 기준으로 오늘을 못마땅하게 바라보는 것이 좋은 태도도 아니다. 하지만 마을마다 서로 다른 물색, 인심, 풍경 등 개성이 사라지고 획일화되는 것은 분명히 경계할 일이다.

여기는 왜 독촉골이라 불리웠을까? 이름은 남았는데 그 맥락이 사라져버린 시대는 공허하다. 요즘은 오히려 정보는 홍수처럼 밀려드는데 그 내용을 이해하고 연결하여 통합하는 일이 더 어렵다.

내용과 맥락을 이해하는 일은 궁금증과 관심어린 시선으로부터 시작된다는 생각을 할 즈음 맑고 찬 계류가 흘러드는 저수지가 나타난다. 동네 이름 그대로 독촉골저수지로 불리는 곳이다. 제법 깊고 너른 저수지이다. 저수지를 둘러싸고 있는 종남산, 서방산, 서래봉이 모두 여기 그 이마를 드리우고 있다.

높은 것이 깊고 깊은 것이 넓다.

그냥 산을 보고 있으면 다 똑같아 보이는데, 수면에 일렁이는 산 그림자에는 서로 다른 그림자의 계조(階調)가 존재한다. 산 그림자, 해 그림자, 구름과 바람의 그림자가 모두 한 수면 위에 겹쳐 서로 질감이 다른 그림을 그려낸다. 그림자의 그림자까지 수면 위에 고스란히 담겨 있는 것이다.

독촉골저수지에서 흘러가는 이 물길은 만경강의 한 지류인 고산천의 원류에 해당한다. 우리가 방금 걸어 내려온 그 길을 따라 이 물길도 내려온 것이다. 지금부터 느바기들이 걸어야 할 방향과 이 물길의 방향이 같다. 물소리와 동무하며 걸어가면 된다.

물길은 바다를 향하고, 배는 물길을 거스르고

길벗이 되어주는 물길을 따라 독촉골교, 화전마을, 고산교를 통과하면 용진 쪽에서 흘러오는 소양천과 합류하기 직전의 고산천을 만나게 된다. 운장산-동상 쪽에서부터 흘러오는 물길이다. 이 고산천과 소양천이 만나 삼례 방향으로 흐르는 지점부터가 만경강 본류에 해당한다.

이제부터 순례길 코스는 상당 부분 이 만경강 흐름과 겹친다. 때로 함께, 때로는 잠시 떨어져서 순례자와 이 물길은 같이 간다. 독촉골 물길과 마찬가지로 운장산에서 막 내려온 고산천 물은 깨끗하기 그지없다. 한반도 전체 지형을 두고 동고서저(東高西底) 형이라고 하는데, 전라북도 지형은 한반도 전체 지형의 작은 복사판이다. 좀 더 정확하게 말하자면 전라북도 동남쪽에는 산이 많고 서북쪽에는 평야가 많은 형국이다.

여기 고산천을 흐르는 물길은 모두 동쪽 진안고원 방향의 여러 계곡에서 흘러나온 작은 물줄기들이 합수한 것이라 할 수 있다. 이처럼 맑은 물이 풍부한 곳이어서 그런지 '하이트 맥주' 공장도 이 물가에 있고 '천둥소리'라는 막걸리가 빚어지는 곳도 이 물길 가장자리이다.

지금은 이렇게 물이 맑은 것으로 유명하지만, 예전에 이 물길은 지금과 다른 차원에서 그 이름을 날렸다. '전주 8경' 중 하나로 손꼽혔던 '동포귀범(東浦歸帆)'의 무대가 바로 이 물길이었다. 예전에는 이 물길을 따라 끊임없이 돛단배들이 드나들었다는 것이다. 전주가 호남 물산의 중심지였던 시절, 지금보다 하상이 더 깊었던 시절의 이야기겠지만, 이 물길을 따라 용진면 마그네 다리 근처까지 소금을 실어 나르는 배, 젓갈을 담은 배, 곡식과 과일을 싣고 가는 배가 줄지어 오갔다는 것이다. 물론 사람을 실어 나르는 배도 무척 많이 오갔을 것이다.

육상 교통망이 발달하면서 자연스럽게 내륙의 하천을 이용한 수운업(水運業)이 사라진 것이겠지만, 한때 이곳에 형형색색의 돛단배들이 운항을 하고 있었던 풍경은 상상만으로도 이채롭다.

모든 생명들에게 물은 생명의 근원이면서 동시에 물산과 교류의 통로 역할을 했다. 인간이 발동기를 단 거대한 동력선을 운행하고, 대양 항해에까지 나선 것은 얼마 되지 않은 일이다. 오랫동안 사람들은 직접 노를 젓거나, 돛으로 바람의 힘을 밀고 당겨 배를 움직였다. 그런 시절, 이 고산천은 사람들에게 보다 더 가까운 삶의 현장이었을 것이다.

'걷기'라는 관점으로 보면 오도재에서 독촉골, 고산천변길까지 이어지는 구간만큼 아름답고 걷기 편한 산책길도 찾기 힘들다. 큰 하천을 따라 걷는 길인지라, 마치 물위를 걷듯 순례자의 발걸음이 가볍게 미끄러지는 구간이다.

쨍쨍한 햇빛이 물위에 반짝일 때 물보라는 더욱 영롱하게 튀어 오르고, 천변 산책로에 심어진 나뭇잎들은 그 빛을 받아 더욱 밝게 빛난다. 빛은 순례자의 발아래 환하고, 그늘은 머리 위에 어룽거린다. 순례자의 이마에 어린 땀은 나뭇잎에서 불어오는 바람이 식혀 준다. 절로 더 오래, 더 많이 걷고 싶다는 생각을 하게 만드는 구간이다.

가파르게 먼 곳으로 달려가는 마음

만남은 헤어짐을, 헤어짐은 다시 만남을 부른다. 좀 더 물길을 따라 걷고 싶지만 어우리 삼거리에서는 아쉬운 인사를 한 뒤 발머리를 어우리 방향으로 돌려야 한다. 여기부터는 '순례길' 안내 표지와 더불어 오늘의 종착점인 '천호성지' 도로 표지를 바라보며 진행하면 된다.

이제부터 순례자가 걷는 길은 양쪽 어깨에 모두 산줄기가 이어지는, 이를테면 협곡 길이라고 할 수 있다. 땡볕을 피해 산그늘 아래 논두렁 밭두렁을 밟기도 하고 마을을 지나기도 하지만, 전반적으로 걸음이 좀 무거워지는 경사로가 이어진다. 천호성지까지 8km 남짓 이 길을 걸어가야 한다. 차도와 겹치는 경우가 많으나, 차량 통행량이 그리 번잡하지는 않다.

이 구간을 걷는 동안 순례자들은 자연스럽게 길이 점점 더 깊은 오지로 들어가는 느낌을 받게 된다. 포장도 잘 되어 있고 전신주의 행렬도 일정한 간격으로 이어지고 있지만, 한 걸음 한 걸음 내딛을 때마다 좀 더 외진 곳이 나타나는 느낌. 우리가 가야할 곳이 '천호성지'라는 선입견 때문일까. 몇 번씩 고개를 갸웃거려봤지만, 그건 아니다.

다가오는 풍광이 그렇게 만든다. 가을이면 지천으로 억새밭만 무성할 것 같은 산비탈. 산모롱이 억새밭 아래로는 채 몸을 숨기지 않은 억센 자갈들이 들쭉날쭉 고개를 치세우고 있을 것 같고, 산그늘도 다른 곳보다 더 짙게 내려 깔릴 것 같은 배경. 사람을 맞이하기보다는 애써 외면하는 것과 같은 느낌. 왠지 여기는 꼭 가을, 그것도 늦가을 바람 차가워질 때 와야만 풍경을 더 잘 볼 수 있을 것 같다는 생각도 든다.

과연 오리, 십리만 지나도 이처럼 다르다! 차로 쌩~ 지나칠 때는 절대 느끼지 못하는 현장만의 감각이다. 사람들이 걷기를 고집하는 이유 중 하나가 또 이것이다. 현장에서 직접 몸으로 겪어봐야만 느낄 수 있는 특별한 분위기가 있다. 고개를 넘으면, 물을 건너면, 모퉁이를 돌아가면, 공기부터 달라진다.

비봉면 소재지를 지나고 난 뒤, '민들레동산'이라는 곳을 지나면 천호성지까지 푸석푸석 마른 흙냄새가 더욱 강해진다. 마른 햇빛, 마른 산, 마른 바람. 마른 것들은 강렬하다. 축축한 습기가 빠진 햇빛이 작렬하고, 산빛은 내찌르듯 적요하며, 바람마저 거친 알갱이를 품고 굴러다닌다. 이렇게 강한 풍광들이 순례객을 압도하면, 무심결에 '여기는 어디지?' 혼잣말을 하게 된다.

천호성지. 2코스, 28km 구간이 끝나는 곳.

언젠가, 누군가, 밤을 도와 필사적으로 달음질쳐 숨어들었던 곳. 추방된 자와 스스로 자신을 추방한 자들이 마른 눈을 비비며 아침 햇살을 기다리던 곳.

햇살 아래 드러난 거친 산야 앞에서 자신의 누추함이 더 적나라하게 여겨졌던 곳.

다시는 여기서 돌아나가지 못하리, 절망마저 고스란히 품고 주저앉아야 했던, 불회곡(不回谷), 하늘이 만든 항아리[天壺]. 스스로 이곳에 자신을 감금한 자들이 하늘만 쳐다봐야 했던 곳.

간절히 누군가의 이름을 숨죽여 부르던 깊은 산속, 천호산(天呼山).

4. 보고 느끼며 걷기

빛은 늘 수직으로 내려온다

3코스의 시작점이 되는 천호산 천주교 성지는 박해와 순교가 거듭되던 초기 한국 천주교의 수난사를 고스란히 담고 있는 곳이라고 할 수 있다. 언제부터 이곳에 천주교인들이 모여 살았는지는 아직도 정확하게 입증되지 않고 있지만, 대략 기해박해(1839년)를 전후한 무렵부터 사람들이 모여들기 시작한 것으로 알려져 있다. 초창기에는 관헌의 단속을 피해 남부여대(男負女戴)하여 밤길로 산길로 도계를 넘어 온 충청도 지역 신자들이 먼저 터를 잡았다고도 한다.

어디 이뿐이었겠는가. 기해박해 이전부터 전국적으로 숨어 살아야 하는 신자들의 도주와 이주가 거듭되었을 것이다. 한국 천주교 초창기 100여 년의 기록은 온통 순교자들의 피로 쓰여진 기록이다. 신해박해(1791년), 신유박해(1801년), 기해박해, 병인박해(1866년), 무진박해(1868년) 등 순교한 이들의 이름을 모두 기록하기에도 벅찬 사건이 10여 차례나 일어났다.

새롭게 낯선 사회에 진입하는 종교는 기존의 이데올로기와 충돌을 불러일으키기 마련이지만, 한국 천주교처럼 오랜 시간 동족에 의해 일방적으로 가혹한 박해가 거듭된 경우는 그리 흔하지 않다. 그 원인과 진행 과정 등에 관해서는 별도의 논의가 있어야 하겠지만, 조선 후기의 복잡한 내부 사정 속에서 형식적이고 극단적인 성향을 보이게 된 당대 유교 이데올로기의 경직성 때문에 이 같은 참화가 지속되었다고 보는 게 일반적이다. 서세동점(西勢東漸)이 본격화되던 시기, 휘청거리는 중국을 보면서 조선은 쇄국의 자물쇠를 더욱 굳세게 걸어 잠갔다. 이로써 이 땅의 천주교인들은 오갈 데 없는 처지가 되어 시시각각 권력자들이 휘두르는 처단의 칼날을 피해 살 길을 스스로 찾아야만 했다.

하지만 고립무원, 누구도 이들을 구원하지 못했다. 날마다 곳곳에서 종교적 신념에 따라 죽음을 맞게 된 이들의 비명이 터져 나왔고, 그때마다 살아남은 자들은 죽음의 공포에 쫓기며 필사적으로 신념과 목숨을 지키기 위해 도주의 길에 나서야 했다. 가혹한 세월에 내몰린 이들이 모여든 곳이 천호산 인근이다. 현재 천호공소가 자리 잡은 다리실을 중심으로 산수골, 으럼골, 낙수골, 불당골, 성채골, 시목동 등지에 신앙공동체가 들어서기 시작했다고 한다.

이들이 왜 이리 들어와 살게 되었는지 원인은 쉽게 추론할 수 있으나, 여기 스스로 유폐된 이들이 어떻게 살았는지는 짐작만 가능한 일이다. 스산하고 무서웠을 것이다. 때로는 먼저 죽은 이들이 오히려 부러웠을 것이다. 그때마다 기도했을 것이다. 그리고, 기다렸을 것이다. 결국은 자신을 찾게 될 죽음을.

당시 이들에게는 죽음도 종교였을 것이다. 잡혀서 순교를 하거나, 신앙을 지키고 선종을 하거나. 죽음은 승리였고, 새로운 탄생이었다. 죽음에 대해 이처럼 적극적인 해석을 하는 것 외에, 이들이

다른 방식으로 자신의 삶을 해석하고 받아들일 여지가 없었다.

선택지를 오직 '어떤 죽음을 맞이할 것인가' 중에서만 골라야 했던 시절이라니, 얼마나 끔찍한 일인가! 초창기 한국 천주교 신자들에게는 '순교'는 현실이었고 '구원'은 까마득히 먼 곳에 있는 이름, '불러도 대답 없는 이름' 같은 것이었다.

당시 그들은 항아리 주둥이처럼 좁게 열린 하늘을 바라보며, 희망의 빛줄기가 자신들을 비춰주길 애타게 고대했을 것이다. 까마득하게 높고 먼 하늘. 그래도 저버릴 수 없는 실낱같은 희망. 그들에게 희망은 때때로 절망의 다른 이름처럼 여겨지기도 했을 것이다.

천호성지에서 눈을 들어 하늘을 보면, 햇빛은 그야말로 수직으로 내려온다. 환하게 빛나는 수 천 가닥의 햇살. 내 두 손으로 저 빛줄기를 한 가닥 한 가닥 나눠 쥐고 여러 겹으로 꼬아 더 튼튼한 동아줄을 만들 수 있을 것처럼 보인다. 하지만, 실제 햇살을 꼬아 동아줄을 만들 수는 없는 일이다.

본다는 것, 눈으로 본다는 것만큼 확실한 현존이 어디 있겠는가. 빛은 분명히 세상에 존재한다. 하지만, 눈에 보이는 모든 것에 가닿을 수 있는 것은 아니다. 보이지만 잡을 수 없는 햇빛의 가닥들. 현존이면서 부재하는 것. 당시 사람들에게 삶과 죽음이 모두 실재하는 현존이면서 또 부재하는 꿈이었을 것이다.

지금의 천호성지에서 100여 년 전의 스산함이나 두려움을 찾아보긴 힘들다. 바짝 마른 가을바람이 불 때 이곳에 들어서면, 신자가 아니더라도 삶과 종교에 대해 절로 경외하는 마음이 생긴다. 요즘 이곳을 찾는 이들은 그 시절 그 사람들이 죽음으로 지켜낸 이곳에 새롭게 들어선 부활의 성당과 피정의 집 토마스 쉼터에 스스럼

없이 들어선다. 옛사람들이 아득하게 높은 하늘을 올려다보며 꿈속에서나 지어봤음직한 건물들이다. 오늘 우리는 이곳에서 살아가는 일에 대해 생각하고, 죽음 그 너머의 어떤 경지에 대해 명상을 한다.

그때 사람들은 왜 그렇게 험악한 고난의 시절을 살았고, 지금 우리는 이토록 평화로운가? 100년 전에 이곳에 내린 햇살이나 오늘 우리가 만나는 햇살이나 같을진대 그 느낌은 이리도 다른가?

신의 섭리는 이처럼 오묘하다. 눈에 보이는 것, 보이지 않는 것, 수직으로 내리꽂히는 빛살, 그 너머 어디…… 지금 우리 앞에 현존하는 것은 파란 하늘 그 너머를 응시하는 순례자들의 순한 눈망울이다. 보라! 죽음이 삶을 낳고, 고통은 평화를 잉태했다. 신의 약속, 부활이나 영생은 상징인 동시에 현실이다.

기억하는 일에 대하여, 여산

전주를 떠나 완주군 일원을 답사한 순례자의 걸음은 이제 익산을 향한다. 순례길 표지가 안내하는 대로 천호성지 마을을 한 바퀴 휘돌아 문드러미재를 넘어서면 여산 땅이다. 산길을 넘어온 순례자들을 제법 너른 들판이 맞이하고 산은 조금씩 뒷걸음질 치기 시작한다. 여전히 비산비야이지만 훨씬 더 평탄한 느낌. 지금은 길이 좀 달라졌지만, 예전 조선 9대 간선로 중 하나였던 '삼남대로'와 '통영대로'가 이곳 여산을 통과한다. 지금도 그렇지만 여산만 넘어서면 곧 충청도 땅이다. 전라도의 입구이자 출구였던 곳.

한 시절, 많은 사람과 물산이 이 여산 땅을 찾고 떠났다. 천호성지가 당도해 한없이 머무는 곳이라면, 여산 땅은 떠나고 돌아오는 사람들의 땅이었다. 지금은 호남고속도로 '여산휴게소'만이 한때 이곳이 교통의 중심지였다는 사실을 대변하고 있다.

문드러미재를 넘어 6km 남짓 순례길 표지판을 따라 가면 가람 이병기(1891년~1968년) 선생 생가가 모습을 드러낸다. 시조 시인, 서지학자, 교육자, 독립운동가로 평생을 살았고 자신에게는 세 가지 복(술, 난초, 제자)이 있다고 늘 자랑했다는 어른이다.

'수우재(守愚齋)'는 주인이 작고한 뒤에도 혼자 남아 무시로 문을 열고 들어오는 탐방객들을 맞이한다. 작은 연못이나 집안에 심은 나무들 또한 돌보는 주인 없이도 단란하고 의젓하다.

이곳에서 태어난 가람 선생은 장년기에 자신이 할 수 있는 모든 힘을 다해 일제의 민족문화 말살정책에 맞서 싸웠다. 민족 시가로서 시조의 가치를 재조명하고, 조선어학회 사건으로 옥고를 치르면서 우리말과 글을 지키는 일에 앞장섰고, 혼란스러운 시기에 자칫 망실될 수도 있는 귀한 서책들을 사재를 털어 사들여 간직하고 연구했다. 선생의 『국문학개론』은 이 분야의 기준점이 되는 선구적인 저작이었고, '가람문고'는 개인의 소유를 공공의 재산으로 돌려놓는 모범적 사례의 효시에 해당한다. 선생은 노년에 다시 향리로 돌아왔다. 서울대 교수직을 내려놓은 뒤, 막 개교한 전북대에 내려와 고향의 인재들을 육성하는 일에 여생을 다했다.

선생의 연대기를 이처럼 일별하기만 해도, 우리가 이상적으로 그리던 곧고 바른 '선비'의 모습이 선생에게 있었음을 쉽게 깨닫게 된다. 고향에서 크고, 대처에 나가 뜻을 펼치다가, 다시 돌아와 자신을 키운 고향 땅에 당신이 가진 재능을 되돌려주는 삶. 전통이란 이와 같이 앞으로 전진하며 계승될 때 더 큰 순환의 사이클로 커진다.

우리 시대가 갈수록 부박해지는 이유가 여기 있다고 생각한다. 아무리 사람이 자기 잘난 맛에 산다고 하지만, 자신의 성장에 기여한 환경에 감사하고 자신이 받은 것을 어떻게든 자신의 공동체에 돌려주려고 하는 이들을 거의 찾아볼 수 없다. 지방에서 오히려 전통과 개성을 찾기 힘든 이유도 여기 있다. 영민하여 고향의 사랑을 가장 많이 받았던 수재들이 성공하면 자신이 받은 은혜를 당연히 자신의 것으로만 여길 뿐 이를 고향에 환원할 생각을 하지 않는다. 한 번 대처로 떠난 이는 살아서 고향 땅에 돌아오는 법이 없다. 자본과 산업 기반의 수도권 집중만이 문제가 아니다. 지방의 인재들이 지방을 돌아보지 않고 오히려 자신이 시골 출신임을 숨기는 세상. 생전에 뵙지 못한 아쉬움을, '우직함을 지킨다'는 당호를 지닌 선생의 생가를 참배하는 것으로 애써 달래본다.

가람 선생 생가를 지나 3~4km 정도 길을 따라 가면, 여산향교-여산동헌-여산성당-여산 숲정이 성지-여산성터가 연이어 나타난다. 여산면 소재지, 한때 호남의 물산 교통 교차로였던 여산현 시절의 영화가 느껴지는 곳이다.

순례자들과 참배객들의 발걸음은 주로 여산동헌과 여산 숲정이 성지로 향한다. 이곳이 교통의 요지였던 만큼 모여드는 사람이 많아 한창 천주교 박해가 심할 무렵 이곳에서 5일 장터가 설 때마다 천주교 신자들이 처형되었다고 한다. 참수형, 교수형, 태형…… 그 죽음의 방식도 다양했는데, 이중 가장 극악한 것은 '백지사(白紙死)'형이었다. 얼굴에 몇 장의 종이를 덮고 계속 물을 뿌려 숨을 못 쉬게 만들어 죽이는 형벌이었다. 그런가 하면, 옥사에서 굶겨 죽이기도 했다고 한다.

유독 여산에 처참한 순교의 기록이 많은 것은, 앞서 이야기한 것처럼 이곳이 교통 중심지였기 때문이다. 장터를 찾은 사람들에 의해 이 잔혹한 소식들이 순식간에 사방 각지로 퍼져나가기를 당대의 처형자들은 기대했을 것이다. 이 잔혹한 시대의 기록이 여산 동헌 자리와 숲정이 성지에 돌로 새겨져 있다. 그 형상이 너무 아름다운 조형물로 서 있는 것이 오히려 더 슬픔을 자아내게 한다.

이런 기록을 담담하게 읽어 내리는 일은 쉽지 않다. 아무리 지금 우리가 사는 시대가 아니라고 하더라도, 나와 가까운 일이 아니라고 하더라도, 잊거나 잊혀서는 안 되는 일들이 있다. 이런 기록은 천주교 수난사이기도 하지만, 우리들의 어두운 과거이기도 하다. 좋은 것만 기록하고 자랑하고 싶은 것은 인지상정이지만, 치욕과 부끄러움 또한 우리 과거의 일부다. 돌아볼 수 있어야 하고, 돌아봐야만 한다. 이런 점에서, 순례길은 끊임없는 공부길이기도 하다.

아픔을 삭이고 삭여서 슬픔과 아름다움이 공존하는 피에타상으로 서기까지, 우리는 200여 년의 세월을 건너와야 했다. 이 시간이 슬픔과 고통에 대해 무감각하게 만들었다면, 우리는 이 시간을 통해 아무 것도 공부하지 않은 것이 되는 셈. 조금 진부한 표현이지만, 슬픔이 아름다움으로, 고통이 견디고 이겨내는 마음으로 승화되기까지, 우리는 100년 200년의 시간 동안 돌아보고 돌아보는 일로 고통 받고 또 반성했다. 그것이 아니라면, 여산 숲정이를 비롯한 모든 순교 성지는 여전히 피와 고통의 현장일 뿐이다.

나바위로 가는 길

여산 숲정이 성지를 지나면 곧 여산천이 나타난다. 여산천은 금

강의 한 지류로 여기서부터 북쪽으로 머리를 둘러 강경까지 흘러
간다. 풍수도참설이 유행하던 시절, 금강의 흐름이 서울을 향해 활
을 당기는 형국[反弓形]이라 하여 께름칙하게 여기기도 했다. 장
수 수분령 물뿌랭이에서 시작되어 대전 공주를 거쳐 군산 앞바다
로 빠져나가는 큰 물줄기가 당겨진 활대에 해당한다면, 여기 여산
에서 출발하여 강경으로 빠져나가는 물줄기는 활줄쯤 될 것이다.

강은 산에서 좁고 빠르게 흐르고, 들판에서는 너르고 느리게 흘
러간다. 여산천은 딱 그 중간쯤 되는 크기와 유량, 유속을 지닌 하
천이다. 여산천은 망상면을 거쳐 나바위 쪽으로 흘러가며 조금씩
강폭이 넓어진다. 종착지인 나바위까지는 10km 가까이 걸어가야
하는데, 마을을 지나는 길이라 그다지 멀게 느껴지지 않는다.

걸으면서 깨닫게 되는 것 중 하나는, 공간적으로는 같은 거리라
고 하더라도 너른 들을 걷게 되면 그 거리가 굉장히 멀게 느껴지고
마을을 지나면 상대적으로 그 거리가 짧게 느껴진다는 것이다. 하
늘과 들판만이 펼쳐진 길에서는 그 길을 걷는 자신이 보다 왜소해
지는 느낌을 받기도 하고 또 풍경에 큰 변화가 없어 통과하는 거리
가 길게 느껴진다. 마을을 통과하는 경우에는 짧은 간격으로 눈 둘
데가 많다 보니 자신이 걷는 거리의 총연장에 마음을 크게 쓰지 않
는 까닭일 게다.

이런 점에서 여산-나바위 사이는 걷기에 적절한 구간이라고 할
수 있다. 포변마을, 선리, 채운마을이 중간 중간 나타나고 갈수록
넓어지는 하천이 좀 더 넓은 하구에 대한 기대감을 부풀게 한다.
떼 지어 백로가 날아들고 산바람과는 다르게 면적이 넓은 들바람
이 순례자들을 향해 불어오기도 한다.

이 물길 또한 예전에는 수운로의 역할을 했다고 한다. 지금은 지명에만 남아 있지만, 능히 그랬을 것 같다. 여산은 사람과 물산의 교통지였다는 사실을, 걷는 들길과 바라보는 물길을 통해 확인하는 구간이기도 하다.

지행합일(知行合一)이라는 말을 '실천하는 지성'으로 옮겨 놓으며 조금 어렵게 느껴지는데, 길에 나서서 생각하면 이 말은 '머리로 아는 것을 몸소 확인할 때 비로소 세계에 대해 통합적 인식이 생긴다'는 뜻처럼 여겨진다. 중세 유럽의 이야기이지만, 기초 교양 교육을 마친 청년들이 수년 간 이웃 나라 여행을 통해 자신이 책에서 익힌 바를 몸소 확인했다는 '그랑투르(Grand Tour)'나 신라의 화랑들이 명산대첩을 찾아다니며 수련을 했다는 이야기.

지혜를 찾는 일은 발심(發心)과 수행으로 이루어진다.

책을 읽는 일도 그렇다. 서가에 꽂혀 있는 책은 잔잔한 침묵과 어둠 속에서 자신을 찾는 손길을 기다린다. 책을 뽑아든 손은 빛이 잘 드는 곳으로 가서 책장을 펼친다. 어둠에서 빛이 있는 곳으로 책은 이동하고, 갓 펼쳐진 책장에 빛이 깊숙이 파고들면, 생전 처음 속살을 내보인 책장은 파르르 떨며 제가 간직한 모든 것을 고스란히 빛 아래 드러낸다. 어둠에 잠겨 있던 책장에 밝은 빛이 들 때, 그 책을 읽는 사람의 머릿속도 환해진다.

길을 걷는 일은 책을 읽는 것과 같은 것이라고 생각한다. 오늘 우리가 걷는 길은 우리 앞에 새롭게 펼쳐진 책장이다. 눈길이 닿는 곳마다 어떤 뜻이 새겨져 있다. 길에 나서기 전에 우리가 알았던 것이 사전적인 정보라면, 길 위에서 만나는 것은 그 맥락이다. 이런 땅에서 우리가 사는구나, 우리는 이렇게 살았구나, 우리는 이런 사람이구나, 새삼 깨닫는다.

선리에는 무형교회라는 아주 큰 교회가 있다. 현재 마을 규모와 비교해 보면 조금 과하다 싶을 정도이다. 차를 타고 지나다 봤으면 어울리지 않게 큰 교회라고 혀를 찼을지도 모른다.

하지만, 들어가서 살펴보면 다르다. 설립된 지 100년이 훌쩍 넘은 오래된 교회라는 기념비가 눈에 들어온다. 그 세월의 총량이 교회를 이만큼 키운 것이다. 현저하게 인구가 줄어들고 있는 지금의 형편 이전, 이곳에는 현재보다 더 많은 사람들이 살았다. 그때 교인 수로는 교회당 건물이 이만해야 했던 것이다. 6.25 순교자비도 서 있다. 6.25 전쟁 때 이곳에 주둔한 인민군들이 이 교회 자리를 임시 본부로 사용하면서 교인들과 인근 주민들을 부역에 동원했는데, 전황이 불리해지자 철수하면서 자신들의 흔적을 지우기 위해 무고한 목숨을 해쳤다는 기록이 새겨져 있다.

책상머리에서 인구 통계표만 보거나, 6.25 희생자 수를 헤아릴 때는 그 시간의 변화가 갖는 의미를 파악하기 어렵지만, 이렇게 길에 나서서 듣고 살피면 모든 게 다 실감난다. 우리는 급격한 변화를 힘들게 헤치며 살아왔고, 피 흘렸고, 떠난 뒤 돌아오지 않았다.

마침 교회 이름도 그러하다. 눈에 보이는 것이 유형이고, 보이지 않는 것은 무형이다. 무형은 존재하지 않는 것이 아니라, 너무 커서 보이지 않는 것이거나 눈이 밝지 못해 보지 못하는 것들이다. 다시 한 번, 보이는 것 너머 보이지 않는 것까지 읽어내려는 마음이 순례자의 앞길을 환하게 밝힌다.

나바위성당으로 가는 길에 자신이 걸어야 할 구간을 좀 더 크게 잡으면 성당면 두동리에 서 있는 두동교회를 들를 수 있다. 종교와 역사, 건축 등에 관심이 많은 순례자라면 꼭 방문해야 할 곳이다. 발품이 더 많이 들긴 하지만 이는 당연히 치러야 할 몫이다. 풍경이 먼저 순례자에게 걸어오는 법은 없다. 순례자란 찾아가는 사람이지 않은가!

'두동편백마을' 등 이정표가 잘 서 있어 찾기는 어렵지 않다. 대형 교회 건물이 멀리서부터도 잘 보인다. 하지만, 오늘 순례자가 봐야 할 건물은 신축된 대형 교회당보다 그 앞에 야트막하게 앉아 있는 있는 두동교회 옛 본당이다. 함석지붕을 인 한옥집 모양으로, 문을 열고 들어가면 그 안이 모두 하얀 회벽인데다 반질반질 윤이 난 나무 기둥과 서까래가 순례자의 눈길을 단숨에 잡아끈다.

이 오래된 교회당은 7코스에서 만날 수 있는 금산교회와 더불어 두 개밖에 남지 않은 'ㄱ'자형 교회로, 근대 초기 개신교의 역사와 전도 초기 모습을 잘 보여준다. 교회당을 이처럼 ㄱ자 형태로 만든 건 당시의 관습으로는 남녀 신도가 한 방에 모여 있는 걸 교회 안팎에서 모두 께름칙하게 여겼기 때문이다. 서로 출입문이 다르고 남녀 신도들이 서로 얼굴을 마주치지는 않되, 설교 강단은 모두 볼 수 있는 구조로 지어진 것이다.

1929년 건립되었다는 이 교회당을 보고 있자면, 당시 교역자들이나 신도들, 그리고 교회를 바라보는 주민들의 시선이 절로 떠오른다. 서로 어디를 바라보고, 어떻게 바라봐야 하는지, 시선의 방향에 관한 당대의 현명한 합의가 느껴지는 장소이다. 이렇게, 초기 교회들은 현지화에 대한 고민을 했던 것이다.

5. 길은 거울이다

나바위성당, 눈길이 가 닿은 자리

인류가 자신의 자유 의지에 따라 자유롭게 여행을 할 수 있게 된 것은 그리 얼마 되지 않았다. 농업 생산력을 기반으로 국가가 운영되던 시기, 토지는 움직이지 않는 것이어서 쉽게 통제할 수 있었지만, 발이 달린 사람들은 그게 쉽지 않았다. 군역과 노역을 위해서도 그렇지만 무엇보다도 농업 생산력을 유지하기 위해 당대 지배 권력은 사람들의 이동을 강하게 통제하는 수단을 강구해왔다.

농경 정착 생활이 시작되고 구성원 통제가 수천 년 가까이 작용하면서 사람들 또한 차츰차츰 이에 순치되어 자신에게 친숙한 마을이나 나라를 떠나는 일에 대해 스스로 두려움을 느끼게 되었다. 그 결과, 추방과 도주는 매우 비정상적인 상황에서만 발생하고 무거운 책임이 뒤따르는 일이라는 일종의 사회적 합의가 자리 잡았다. 그 연장선상에서 이런 시절 원악지(遠惡地) 유배형이나 국외 추방형은 사형에 버금가는 중벌이었다. 공동체로부터 일순간 추방되는 것은 하나의 존재가 오랜 시간에 걸쳐 쌓은 관계나 명망을 모두 빼앗기는 '사회적이고 명예적인 피살'로 간주되었다.

폐쇄적인 국가 운영이 동아시아 전역에서 시행되던 시기에 무단으로 자신의 생활 권역을 벗어나는 일은 목숨을 걸고 감행해야 할 일대모험이었다. 성문을 열고 닫고 관문마다 호패를 검열하던 조선시대에 제한적인 이동이 허용된 자들은 국가 관리이거나 소금 장수 보부상 같은 이들 뿐이었다. 어느 집 도령이 과거 취재에 응해 서울을 다녀오는 일은 고을 전체가 떠들썩한 일대사건일 수밖에 없었고, 방랑시인 김삿갓 같은 이는 조선왕조 500년 동안 몇 명이 나올까 말까 했다. 통제 밖에서 움직이는 것은 밀수꾼이나 부랑배, 깊은 산속 화전민처럼 수상쩍은 이들 뿐이었다. 이런 판국에 외국 나들이는 보통 사람으로서는 꿈조차 꾸기 힘든 일이었다.

익산 망성면 화산리 나바위 성지는 이 나라 최초로 사제 서품을 받은 안드레아 김대건(1821년~1846년) 신부가 금지된 신앙을 안고 신부의 자격으로 다시 고국에 돌아온(1845년) 자취를 기념하여 조성된 천주교 성지이다. 1836년, 열다섯의 나이에 상해로 밀항한 뒤 10년 만에 돌아오는 뱃길이 순탄치 않아 상해 출발 42일이 되어서야 김대건 신부는 마침내 이곳 나바위에 상륙했다고 기록은 전한다.

나라의 허락을 받지 않고 외국에 나간 것도 모자라 다시 밀입국한 일은 당대 기준으로 보았을 때 서학을 믿는 것만큼이나 치명적인 국기 문란 행위였다. 이 시기, 거주 이전의 자유란 종교와 사상의 자유만큼이나 요원하고 아찔한 꿈.

바라보는 모든 일에 다 감격하고 자신의 걸음이 닿는 자리마다 의미를 새기는 '이상적인' 순례자는 있을 수 없다. 각각의 순례자는 제 나름의 사정을 안고 자신의 방식대로 길을 밟으며 감동을 받는 지점도 모두 다르다.

천주교 신자라면 마땅히 사제 서품을 받고 고국 땅을 밟은 지 채 1년도 안 되어 순교한 안드레아 성인의 지고지순한 신앙을 떠올리겠지만, 그렇지 않은 이들은 스물여섯 한창 꽃다운 나이가 마냥 안타까울 수도 있다. 혹은, 당대 폭압 속에서도 오히려 천주교인의 숫자가 늘어난 것이 더 궁금해 그 무렵 천주교인의 숫자 통계를 찾아 뒤적이는 이도 있을 것이다. 물론, 종교와 통행에 가해진 이중의 금제에 도전한 대범한 용기에 주목하는 것도 가능하다.

자신의 물음이 인도하는 방향을 따라 가면 된다. 질문 속에 답이 있다는 말도 있지 않던가. 순례자는 자신이 관심을 두고 지켜보는 일이 무엇인지 길을 걸으며 점검해볼 일이다. 길섶에 들풀에 눈이 가는지, 묵정밭을 우두커니 바라보고 있는 할머니의 주름살에 눈이 가는지. 결국 자신이 걷는 길은 자신을 비춰주는 거울이다.

나바위성당은 1906년 준공되었다가 1916년에 증축된 건물로 보존 가치가 높은 근대 건축물의 하나로 꼽힌다. 남녀 신자들의 출입문을 별도로 설치한 흔적 등도 남아 있어 당대 풍습과 종교 사이에 벌어진 대화의 모습을 재구해볼 수 있다. 앞서 살펴본 두동교회와 같은 맥락이다.

당시 김대건 신부 일행이 타고 들어온 라파엘호의 높이와 너비를 반영해 세운 순교 100주년 기념비나, 100여 년 전 프랑스 신부들이 세운 '망금정'과 그 앞으로 펼쳐지는 금강 포구의 해거름, 나바위에서 화산 산자락으로 이어지는 능선까지, 눈길을 잡아끄는 경치가 많다. 내 눈길이 가장 먼저 가 닿은 자리를 주목하자. 나는 어떤 모습을 가장 사랑하는가? 그 자리에 내 마음이 있다.

기꺼이 나를 승인하는 일

순례길 곳곳엔 느바기들을 위해 해당 지방자치단체 등에서 세워둔 방향 안내 표지판들이 서 있다. 처음엔 무심코 지나쳤는데, 어느 순간부터 다음 표지판은 언제 나타날까, 그 표지판의 모습은 어떻게 생겼을까, 기대하는 마음이 쏠쏠해졌다. 가만히 살펴보니 이 표지판들의 표정이 제 각각 조금씩 다르다.

4코스는 표지판의 표정이 가장 다양한 구간이라고 할 수 있다. 육중한 돌탑처럼 서 있는 표지판이 있는가 하면, 벽이나 다리 가장자리에 페인트로 그려놓은 표지판도 있고, 정성스럽게 제작한 나무판이 걸려 있기도 하다. 그야말로 각양각색이지만, 그 간격이 일정하고 자칫 길을 헤맬만한 장소면 어김없이 표지판이 나타나는 게 차츰 감동을 불러일으킨다. 이 길에도 누군가의 보이지 않는 배려가 잔잔히 깔려 있는 것이다.

이렇게 표지판과 대화를 나누며 길을 걷다 보면, 어느 순간 표지판에 내가 동화되어 가는 걸 느끼게 된다. 한 개인의 정체성이란, 어떤 대상에 자기 동일시를 하느냐에 따라 확연해지기도 한다. '순례길' 표지판을 찾으면서 '내가 순례자구나'라고 혼잣말을 하는 순간, 자신의 목소리가 자신의 고막을 울리는 찰나, 그 사람은 스스로 진짜 순례자가 된다. 내가 나를 그렇게 승인하는 것이다, 기꺼운 마음으로.

표지판의 기능은 또 다른 데에도 있다. 4코스는 논밭 사잇길이나 둑방길이 길게 이어지는 평지 구간이다. 멀리 눈을 두어도 눈길을 세울만한 곳이 마땅치 않다. 이러면 같은 거리도 더 멀고 지루하게 느껴질 때가 있다. 이렇게 넓게 펼쳐진 평야에서는 햇빛이나 비바람을 가릴만한 그늘도 쉬 찾아볼 수 없어 혼자서 걷길 좋아하는 순례자에겐 고행의 길이 될 수도 있다. 이때 말없이 나타나 순례자를 격려하는 길동무가 바로 이 표지판들이다.

바람도 벗하고 나무도 벗을 삼는데 표지판인들 벗이 되지 못할 까닭이 없다. 하나 둘 친구를 찾아 떠나는 심정으로 4코스를 걸어보자. 오늘 몇 명의 친구를 만났는지, 무슨 대화를 나눴는지, 나도 기억하고 표지판도 기억한다. 그 아름다운 기억이 모여 나만의 순례 지도가 된다.

웅포면 숭림사

나바위에서 함열에 이르기까지, 둑방길만 따라 걷는 것이 섭섭하면 길을 좀 크게 벌려 숭림사를 들어갔다 나오는 것도 좋은 선택이다. 달마조사의 면벽 수행으로 유명한 중국 숭산(崇山) 소림사(少林寺)를 기려 '숭림사(崇林寺)'라 이름했다는 이 사찰은, 신라 경덕왕대 진표율사에 의해 김제 금산사와 함께 창건되었다는 유서 깊은 절이다. 소림사는 인도 불교가 공간과 언어의 한계를 돌파하면서 새롭게 중국 불교로 진화한 것을 상징하는 불교사의 이정표와 같은 사찰. 그 절을 기리는 이름을 지녔다는 것만으로도 이 사찰의 창건 의의는 좀 더 분명해진다. 이곳 사람들과 더욱 친화하겠다는 것, 현지화 하되 더 부지런하게 불법에 정진하겠다는 것.

이런 창건 내력 때문인지 숭림사는 전북 북서부 지역의 오래된 거찰로 지금까지 그 명맥을 뚜렷이 하고 있다. 숭림사는 중수, 신축 등에 관한 기록을 잘 보관하고 있는 사찰로도 유명하다. 삼국시대나 고려시대의 사찰 중에는 이름만 전해지거나 사지(寺址)만 간신히 남긴 절들이 적지 않다. 이에 반해 숭림사는 각 당우(堂宇)마다 중수기(重修記)나 상량발원문(上樑發願文)이 잘 보존되어 있다. 특히, 보광전은 지금으로부터 700여 년 전인 고려조 충목왕 시절 (1345년)에 지어졌다는 기록이 뚜렷하다.

절이든 성당이든 교회든, 기도와 명상의 공간이 되는 종교 시설은 제 혼자만의 힘으로 성장하는 것이 아니다. 교인들의 적극적인 보호 의지와 지역 주민들의 애정과 관심을 이끌어내지 못한 종교 시설물은 이내 사라지고 만다. 평상적인 관리에 소요되는 비용도 그렇지만, 이 절처럼 누대에 걸쳐 중수를 안정적으로 시행할 수 있었다는 것은 인근 주민들의 자발적인 시주나 노동력 제공이 끊이지 않았다는 뜻이기도 하다. 1,300여 년 동안 숭림사가 불안에 흔들리는 인근 주민들의 마음을 지켜줬다면, 이 지역에 터 잡고 살아가는 이들 또한 대를 이어 절집을 지켜줬다.

함열을 지나며

숭림사에서 나와 다시 순례길에 합류한 순례자는 이내 함열읍으로 들어서게 된다. 함열(咸悅)은 '모두 다 함께 기쁘다'라는 뜻을 지닌 고읍(古邑)이다. 익산군과 이리시가 합해져 익산시가 되기 전까지는 익산군청 소재지였다. 그만치 익산 지역의 교통 물류의 중심 기능에 충실해 풍부한 물산을 바탕으로 너른 인심이 펼쳐진 곳으로 푸짐하고 맛갈진 음식으로도 유명하다.

물산과 인심이 넉넉하면 사람을 받아들이는 데에도 인색하지 않은 법이다. 함열 쪽으로는 천주교 박해 시절 충청 이북 천주교 신자들이 대거 이주해 살았다고 한다. 그런 기억을 담고 있는 곳이 함열성당이다.

50여 년 전에 안대동 공소에서 이곳으로 이축한 함열성당은 우리가 앞서 들린 천호성지나 여산숲정이, 나바위성당과는 또 다른 느낌을 주는 곳이다. 앞선 곳에서 '박해'라는 말을 들으면 순교와 주검이 조건반사적으로 함께 떠오르지만, 이곳 함열성당을 바라보며 '박해'라는 단어를 떠올리면 이주와 안착, 보호와 공동체와 같은 단어들이 따뜻한 느낌으로 이어진다.

'함열'이라는 지명 때문일까. 맑은 햇살 때문일까. 고르게 너른 들판의 인상 때문일까. 그 이유는 정확히 알 수 없지만, 이즈음에서 문득 한 가지 깨닫게 되는 것이 있다. 전라도 서해안 지역은 천주교와 개신교 등 밖에서 유입된 종교가 가장 먼저 뿌리내린 지역이면서 동학(천도교)이나 증산교, 원불교와 같은 자발적 민족종교 또한 가장 먼저 가장 크게 꽃피운 지역이다. 물론, 불교의 전통과 성세 또한 한결같다.

앞서 둘러본 것처럼, 이 지역은 국가 권력에 의한 종교 탄압은 있었을지언정 종교들 사이에 다툼이 없다. 종교간 화합과 소통의 분명한 증거는 바로 이 '순례길'이다. 종단에 따라서는 자신이 속한 종파와 관련된 유적이나 성소를 더 많이 내세우기 위해 다퉜음직도 한데, 그런 내색 없이 함께 머리를 맞대고 이 길을 함께 개척했다.

세상에 없던 길을 서로 다른 종단 지도자들이 모여 한 마음으로 함께 그려냈다는 것. 이 '순례길'이 갖는 화합의 함의가 이곳 함열에서 새삼 뚜렷해진다. 깨달음에 빠르고 느린 게 얼마나 중요하겠는가. 함열에 와서야 비로소 왜 전라북도에 순례길이 있게 되었는지 깨닫게 되었다. 지금이라도 내가 걷는 길을 좀 더 분명하게 이해하게 되었으니 얼마나 다행인가. 함열, 내 스스로에게 너그러워지는 땅.

미륵사, 새로운 세상을 여는 곳

함열읍에서 미륵사지까지 가는 길은 앞선 길과 비슷하게 들판을 가로질러 가는 길이다. 이 구간 사이에 태봉사, 석불사, 심곡사 등 둘러볼 수 있는 사찰이 산재해 있다. 시간과 체력이 허락하는 대로 들러보길 권한다. 이 지역은 옛 백제와 마한의 중심지여서 마한과 백제에 얽힌 다양한 설화들이 이 사찰에 보관되어 있다.

옛 이야기의 사실성은 누구도 입증할 수 없다. 그게 중요한 것도 아니다. 그 이야기를 보관하고 있는 사람들의 마음을 읽는 것이 더 중요하다. 우리는 어떤 이야기를 하고 싶어 하는가. 듣고 싶어 하는가. 이 지역에 전승되는 이야기 속에는 우리들의 마음이 담겨 있다.

꽤 긴 길이 이어진다. 산을 향해 가는 길이니 완만하지만 오르막이다. 그래도 앞선 구간보다는 이 길이 걷기에 좀 수월하다. 눈앞에 분명한 목적지가 보이기 때문이다. 오늘 내가 당도해야 할 곳이 저기 있다.

사자암에 가까워질수록 길 위에는 함께 걷는 이들이 늘어난다. 전주 사람들에게는 모악산이, 익산 사람들에게는 이 미륵산이 가장 가까운 산이다. 가벼운 차림으로 산행을 하는 이들이 갈수록 늘어난다.

사람들에게 믿음의 의지처가 되어주는 것은 다양하게 존재한다.

신앙인이라면 각각 마음에 모신 신의 이름이 있겠지만, 그래도 교회나 성당, 절과 같은 종교시설을 찾고 탑이나 십자가와 같은 구체적 신앙 대상을 찾는다. 당산나무나 높은 산과 같은 자연적인 형상에서 초자연적인 힘을 찾는 경우도 있다.

윤흥길의 소설 『에미』에는 지금 우리가 맞바라보고 있는 저 산, 미륵산(용화산)을 살아있는 신처럼 생각하는 한 여인이 등장한다. 이 소설 속에서 미륵산은 남성적인 신성으로 등장하고 '에미'는 반신반수(半神半獸)에 가까운 인물로 등장한다. 대지적 모신성의 원형이라 할 '에미'.

지금 저 산을 바라보며 신성을 느끼는 이는 많지 않겠지만, 한때 우리 곁에는 수없이 많은 신격들이 존재하던 시절이 있었다. 미륵산이 가까워지면 마치 잠에서 퍼뜩 깨어나듯 그런 생각이 피어오른다.

윤흥길의 『에미』를 읽을 때 드는 또 다른 생각 하나. 인류를 단일한 인격체라고 한다면, 우리는 지금도 성장 과정에 있을 것이다. 그건 우리에게는 계승과 성장, 그리고 전달의 의무가 있다는 뜻이기도 하다. 이건 우리 앞이나 우리 뒤에 올 모든 세대들에게 공통된 의무이다. 세대마다 다른 과업이 있다. 어떤 세대에게는 뼈를 단단히 하는 일이 주어지고, 어떤 세대에게는 키를 더 키우는 것이, 또 어떤 세대에게는 살집을 더 찌우는 일이 과업으로 주어질 것이다. 우리 세대에게 주어진 시대적 책무는 과연 무엇일까? 윤흥길은 우리에게 전통의 계승과 창조적 해석에 대해 바람직한 선배의 모습을 보여주었다. 우리는 후대에게 무엇을 넘겨줄 것인가?

미륵산 등산로가 시작되는 지점에는 구한말의 마지막 큰 선비

간재(艮齋) 전우(田愚, 1841년~1922년) 선생의 묘역이 조성되어 있다. 성리학을 근간 통치 이념으로 삼았던 조선이 무너지던 시기, 세상의 변화 속에서 많이 이들이 우왕좌왕 분주할 때, 고군산열도와 계화도 등지를 전전하며 오직 서탁만 마주한 채 배움을 청하는 제자들을 기르는 일로 시종한 분이시다.

때에 따라 개인에게 부여된 소명은 달라진다. 간재 선생은 시대가 요동칠 때 무겁게 침잠하는 것이 자신에게 부여된 소명이라고 판단했고 그 판단에 따라 스스로 무거운 삶을 감내했다. 누구도 선생에게 흔들리는 시대의 무게추가 되어 달라 요청한 바 없었으나, 스스로 한 생애를 던져 가장 낮은 곳 가장 흔들리는 곳에 내려앉았다. '선비'라는 추상적 명칭에 살을 입힌 한 시대의 초상. 흔들리는 시대를 살아야 했던 지식인의 사표였다.

미륵산은 높은 산이 아니다. 하지만 매우 높게 보인다. 오늘 걸어온 길에서 볼 수 있듯 주변이 온통 평야거나 낮은 구릉이기 때문이다. 미륵산은 이곳 전라도 평야 지역에서나 가끔 볼 수 있는 평지돌출형 산이라 할 수 있다. 자연스럽게 시선을 모으는 중심이 되는 것처럼 자연스럽게 신앙의 대상이 되었으리라 여겨진다.

등산로를 따라 오르면 원불교 초기 수행도량이었던 미륵정사가 나타난다. 원불교 중앙총부가 익산에 자리 잡게 된 가장 큰 원인은 이곳 미륵정사가 소태산 대종사의 초창기 수행 도량이었기 때문일 것이다. 새로운 종교적 변혁의 꿈이 시작된 곳, 말하자면 이곳은 원불교의 배꼽자리나 마찬가지인 곳이다. 이곳에서 여름을 나고 겨울을 나는 동안 소태산 대종사에게 미륵산은 어떤 산이었을까, 궁금증이 몰려온다.

1400여 년 전, 이 산 정상에서 산 아래를 내려다보다가 자신의 눈길이 닿는 곳에 동양 최대의 사찰을 신축할 것을 결심한 인물이 있었다. 절 이름도 미륵사라 정했다. 무왕이 그 사람이다. 그는 또 무슨 까닭으로 여기에 미륵의 세상(용화세계)을 구현하겠다는 발심을 했던 것일까?

3부

마음이 머무는 그곳

여기의 글들은 제목 그대로 내 마음에 남아 있는 풍경에 관한 것들이다.

첫 번째 글은 내게 처음으로 각인된 유년의 장소들에 대한 헌사에 가깝다. 범모 텡이 넘어서 예리 가는 강둑에 외딴집이 한 채 있었고, 거기 살던 친구가 있었는데 이름이 떠오르지 않아 언급하지 못한 게 글을 쓰는 내내 속상했다.

두 번째 글은 태인 무성서원이 막 세계문화유산으로 지정되던 해 여름에 썼다. 서원은 지금 우리에게 무엇인가, 오랫동안 궁금했다. 글을 쓰고 난 뒤 서원과 조금은 더 가까워진 느낌이다.

세 번째와 네 번째 글은 선운사와 해인사를 배경으로 절집에 대한 생각을 정리해본 것이다. 두 편의 글은 십 년 정도 시차를 두고 쓰여졌는데 이어져도 무방하겠단 생각이 들어 함께 엮었다. 절집이 변하지 않았거나 절 밖을 서성이는 내 마음이 여전한 탓일 게다.

다섯 번째 글은 2020년 '고창 한 달 살기'를 하며 썼다. 한 달 살기로 들어갔는데 넉 달 넘게 살았다,고 적다 보니 주곡리가 또 그리워진다. 세 칸 집이었는데 한 칸은 내가 쓰고, 또 한 칸은 김성철 시인이 썼다. 나머지 한 칸은 손님방으로 비워뒀다. 여기 와서 하룻밤 묵고 간 이는 이병초, 김완준, 유강희, 박태건, 김성규, 김명국, 조상호 시인이다.

1. 범모텡이와 배때기산

골목 안에서 학교까지

내가 태어난 곳은 동향면 대량리였지만, 네 살 때 읍내로 이사를 온 뒤로 중학교를 졸업할 때까지 내 유소년기의 기억은 오롯이 '진안읍 군상리(우화동) 387-2번지'에 남아 있다. 조숙했다기보다는 동네가 워낙 좁아서 그랬겠지만, 초등학교에 입학하면서 골목을 벗어나기 시작할 무렵 나는 내가 사는 동네가 매우 단순하고 분명한 관계망의 조합으로 이루어졌다는 걸 어렴풋이 깨닫기 시작했던 것 같다.

골목을 벗어나기 전엔 이런 일이 있었다. 끼리끼리 모여 놀던 코흘리개들 사이에서 갑자기 자기가 아는 '먼 나라 이름 대기 시합' 비슷한 것이 벌어졌다. 1970년대 초반, 아직 학교도 들어가지 않았던 나이고 아는 나라 이름이라고 해야 라디오에서 들었거나 어른들에게 귀동냥한 정도인 예닐곱 살짜리들이 외국 이름을 알아야 얼마나 알았겠는가!

한 애가 '일본'이라고 하니 한 애가 '아니, 중국이 더 멀어', 또 다음 친구가 '안 그려, 사우디가 더 멀어'라고 한 뒤부터는 아직 이름을 대지 않은 아이들끼리 머리를 쥐어짜며 나라 이름을 떠올리려고 낑낑대는 표정이 역력했다. 그때, 누군가 '아냐, 이 세상에서 제일 먼 나라는 월남이야.'라고 해 버렸다. 순간, 나는 머릿속이 하얘지는 느낌이었다. 내가 어렵사리 준비해 놓고 있었던 이름이 그것이었다.

머릿속은 요란해도 순서야 어김없는 법. 재촉하는 꾸러기들의 눈길이 따갑게 느껴질 때까지 우물쭈물하던 나는 작은 목소리로 '만주…… 만주가 더 멀어!'라고 나도 모르게 말하고 말았다.

듣고 있던 애들이 잠시 움찔하더니 한 애가 물었다. "만주? 만주가 어디 있는 나라냐?" 나라고 그게 어디 있는 줄 알았겠는가. 어디선가 '만주'라는 이름을 들어본 기억이 어렴풋이 남아 있다가 이날 불쑥 뛰쳐나온 것을. 오히려 분명해진 것은 또래 녀석들 또한 만주가 어딘지 모른다는 사실! 나는 더 큰 목소리로 말했다.

"늬들 만주도 안 들어봤냐? 사람들이 말 타고 다니면서 총 쏘고 하는 데."

내가 너무 자신 있게 우긴 탓인지, 아니면 어디선가 만주 이야기를 들어본 기억들이 난 것인지 모르겠지만 의외로 아이들은 내가 말한 만주가 이 세상에서 가장 먼 나라라는 것을 수긍하거나 아니면 '내가 먼저 말할 수 있었는데' 억울하다는 표정을 짓고 있었다. 내 뒤로 남은 친구는 두 명. 만주보다 더 먼 나라의 이름을 대지 않는 이상 그날 그 놀이의 승자는 나로 굳어질 판국이었다.

내 다음 차례인 친구 녀석 역시 얼굴이 벌게질 때까지 머리를 쥐어짜더니 기어들어가는 목소리로 "아까 병용이가 이야기한 게 만주가 아니라 미국 아녀? 미국 사람들이 총 쏘고 다닌다던데." 그 이야기가 채 끝나기도 전에 우리들 사이에서는 동시에 폭소와 야유가 쏟아져 나왔다. 백관이란 친구가 대표로 "뭔 소리 하는 거여. 미국은 아주 가찬 나라 아녀. 우리한테 쌀도 보내주고 옷도 보내주고 그런 나란데 어떻게 멀리 있겄냐? 가찬 게 갖다 주는 거지. 글면 그 사람들이 말 등짝에다가 저 많은 쌀가마니를 싣고 온다는 거여 뭐여? 다 트럭으로 금방금방 실어 오잖여. 미국은 이 세상에서 우리하고 제일 가찬 나라여."라고 따끔하게 못박아줬다.

말도 안 되는 소리를 한 것이 염치없기 짝이 없다는 표정으로 그 친구는 금세 풀이 죽어 주저앉았다. 이제 마지막 종완이 차례. 평소 이와 비슷한 놀이를 할 때마다 늘 꼴찌나 다름없는 친구였다. 내가 말한 만주가 이 세상에서 가장 먼 나라로 인정받는 것은 이제 시간문제라고 생각하고 있을 때, 종완이가 느릿느릿 입을 열었다.

"……대한민국!"

"뭐라고???"

"어디? 뭔 나라? 대한민국? 그게 어디 있는 나라냐?"

"난 처음 들어보는 이름인디…… 종완아, 그게 어딨냐?"

우리 모두가 대한민국이란 나라를 모른다는 것을 확인한 종완이는 한눈에 보기에도 의기양양한 표정이 되어 말을 이었다.

"아이구, 늬들 처음 들어봤냐? 대한민국이라고 몰라? 그 나라가 그렇게 멀리 있는 나라여. 이름 들어본 사람도 거의 없을 만큼 멀리 있는 나라여."

결국, 그날 거기 있던 우리는 결국 종완이가 이야기한 대한민국이 이 세상에서 제일 멀리 있는 나라라는 데 동의할 수밖에 없었다. 여느 때와 마찬가지로 누군가 우기고 다른 사람이 반박 못하면 그걸로 그날 게임은 끝나는 법. 나중에 학교에 들어가고 나서야 우리나라 이름이 대한민국이란 것을 알고 억울하기도 하고 창피하기도 했지만 그것은 뒷날의 일.

지금 돌이켜보면 골목조차 벗어나 보지 못한 철부지들 사이에 벌어진 여러 촌극 중 하나인데도 이날의 기억은 내게 오래 남아 있다. 그 당시 우리에게 먼 나라의 이름이란 실체라기보다 우리가 가늠할 수 없는 바깥세상 그 전체의 상징이었을 것이다. 다만 아직도 궁금한 것은 그때 종완이가 대한민국이 우리나라라는 것을 알고도 의뭉스럽게 눙친 것인지, 아니면 나와 비슷하게 어디서 이름만 들어보고 우긴 것인지 하는 것. 일찍 고향을 떠나 서울 어디에 자리잡고 산다는 말만 바람결에 들었을 뿐 만날 길이 없으니 내 궁금증은 아마도 영원히 풀리지 않을 것 같다. 하긴, 만난다 해도 그 친구가 그때 대한민국 사건을 기억하고 있을지 알 수 없는 일이고.

여튼, 내가 커 갈수록 골목 안은 모든 게 또렷했다. 눈에 보이지 않는 관계망이 모두 손에 잡힐 듯 분명한 곳이었다. 골목에서 마주치는 동네 아저씨들은 거개가 내 아버지와 형님동생 하는 사이였고, 하굣길에 마주치는 아주머니들은 내가 집 대문을 열고 들어서기도 전에 내가 학교에 있는 동안 우리 집에 무슨 일이 있는지 미리 알려주곤 했다. 친구의 동생들은 하나같이 내 동생들의 친구이기도 했다.

매일매일 다른 일이 일어났지만 한 달 일 년 단위로 생각하면 날마다 같은 날이 반복되는 곳. 우리 4남매는 모두 '진안동초등학교'(현 중앙초등학교)를 다녔으니 내가 걷던 길은 얼마 뒤 내 동생들의 길이기도 했다. 학교 길은 긴 방둑을 따라 걸어야 했는데, 아침이면 금강 상류인 학천(鶴川)이 오른쪽으로 흘렀고 저녁이면 내 왼쪽에서 물소리가 들렸다. 아침 윤슬과 저녁 이내, 시시각각 나를 둘러싼 환경들은 변했지만 그 변화와 차이는 일상적으로 반복되다 보면 모두 하나로 뭉뚱그려지는 법.

학교생활도 마찬가지였다. 돌이켜 생각하면 의아한 일인데, 1학년 때부터 6학년 때까지 나와 친구들은 줄곧 한 반에 있었다. 모든 게 다 뻔한 데 굳이 반 편성을 새로 해야 하나. 선생님들도 변함없는 학교의 평온을 자신의 심심파적 삼아 흩어놓고 싶지 않아서 그랬던 것은 아닌지 짐작할 따름이다. 오직 숫자만 바뀌었다. 4학년 3반이 5학년 2반이 되고 다시 6학년 1반이 되는 식으로 나와 내 친구들은 뭉텅이로 바뀐 교실을 찾아 움직였다.

그렇게 늘 같은 이름들과 함께 적요하기 짝이 없는 나날을 보내다 보니 변화엔 둔감할밖에. 그러다가 나는 내 유년의 탯줄과도 같은 집 앞 골목길이 차부(車部)와 소전[牛市場], 그리고 서낭당 뒷산으로도 이어져 있다는 것을 깨닫는 나이에 이르렀다.

'범모텡이'를 통과하던 날

신작로를 따라 진안 읍내에서 장수 방향으로 가려면 거의 직각에 가깝게 크게 휘어진 산모퉁이를 빠져나가야 했다. '범모텡이'라는 곳. 범모텡이 너머 예리에 사는 친구들이 날마다 시오리 길을 걸어서 등교하는 읍내의 목구멍 같은 곳. 누군가에게 입구라면 누군가에게는 출구도 될 수 있다는 사실을 나는 열 살 남짓 되었을 때 비로소 깨달았다. 하지만, 당시 뒷산 중턱 서낭당까지도 한달음에 치달리던 내 잰걸음도 쉽게 범모텡이를 향하지 못했다. 얼마 전까지도 호랑이가 산비탈에 웅크리고 있었다는 어른들의 말을 곧이 곧대로 믿었던 것은 아니지만, 거기는 외진데다가 늘 음습한 산그 늘이 도사리고 있는 곳이었다.

더해, 호랑이보다도 더 으스스한 소문이 범모텡이를 감싸고 있었다. 대충 이런 내용이었다. 해가 지면 어디서 나타났는지도 모를 흰옷 입은 어른들이 하나둘 나타나고 그들은 이내 범모텡이 비탈 너머 숲 속으로 사라진다는 것이었다. 도대체 수십은 족히 될 이 사람들은 누구고 야심한 숲 속에서 무얼 하는지 궁금한 사람들이 두려움을 무릅쓰고 숲 속 가까이 가서 귀를 기울였다든가.

범모텡이 너머에 사는 석곡이나 예리 친구들이 자기 아버지가 직접 들은 것을 전한다고 '늬들만 알고 있어라'를 당부하며 한다는 소리란 게 해괴했다.

밤새 그곳에서 웅얼웅얼 주문 외는 소리가 들린다는 것이었다. 자기 아버지가 들었는데 분명히 '시천주……' 뭐라 뭐라 했다고 하더라는 아이가 나서면, 그게 아니라 '나무호랭이 나무호랭이'라고 아랫집 당숙이 똑똑히 들었다더라며 끼어드는 친구가 생겼다. 그러면 그 애와 일가붙이인 또 다른 친구가 그게 아니라 '남녀호랭이 물어간다'라고 했다던디, 너스레를 떨었다. 이와 다르게 '무슨 무슨 산에 눈이 내린다……'라는 노랫소리였다는 말을 보태는 친구, 흰색 귀신들이 뭐라 뭐라 수군수군 아무리 들어도 한국말이 아닌 듯 당최 알아들을 수가 없었다는 친구까지. 그렇게 숲 속에서 숨죽여 울려나오는 소리는 통금이 끝날 때까지 끊이지 않고 낮게 낮게 이어지다가 한순간 숲에서 나는 소리가 뚝 그친다는 것!

엿듣던 이들이 한참 숨죽인 채 고개를 처박았다가 들어보면 숲

속에는 괴괴한 정적만이 감돌 뿐 아무런 기척도 없더라는 이야기. 그때 시계를 보니 딱 통금이 끝난 새벽 4시였다는 이야기!

대낮에도 얼씬거리는 사람이 없는 곳인데 칠흑같이 어두운 밤에 도둑고양이처럼 모여든 사람들이 밤새 한다는 일이 고작 그런 주문이나 외우고 노래나 읊조리다가 '펑!' 하고 사라진다는 것이 영 믿을 수 없었지만, 한번 귀에 들어온 이야기는 어지간해서 머릿속을 빠져나가지 않았다. 언제부턴가 그 산 비탈을 조금만 파고 들어가면 온통 해골 천지라는 말까지 나오기 시작했다. 범이 잡아먹은 사람들 해골이라는 말도 있었고, 옛날 왜군들의 시체를 내다버린 곳이란 말, 옛 난리 때 사람들이 떼죽음을 당한 곳이라는 말 …… 범모텡이에 관한 이야기는 끊기는 법이 없었다. 그리고 이야기가 거듭될 때마다 늘 새로운 설들이 쏟아져 나왔다.

말도 안 되는 소리, 범모텡이는 그저 산비탈일 뿐이야. 그런 이야기를 들을 때마다 나는 속으로 발끈해서 몇 번이나 혼자서 신발끈을 조였지만, 내 당찬 기세는 집 밖에서 차부 인근까지밖에 이어지질 않았다. 범모텡이가 먼발치로 보이기 시작하면 나도 모르게 걸음을 멈췄고, 결국은 되돌아서 터덜터덜 집으로 돌아왔다. 이렇게 범모텡이와 거기를 둘러싸고 우리 사이에 증폭되던 이야기들은 내 행동반경을 제한하는 역할을 했다. 열 살배기 나 혼자서는 도저히 통과할 수 없는 금단과 미지의 세계의 관문, 범모텡이가 내겐 그런 곳이었다.

이 같은 내 속앓이에 비하면, 마침내 내가 범모텡이 너머까지 걸음을 옮기게 된 날은 느닷없이, 그리고 너무나 허무하게 찾아왔다. 어느 날 수업이 파한 뒤 반 친구 몇몇과 오디를 따 먹는다고 뒷산 이곳저곳을 싸돌아다니다가 그만 집에 돌아가야 할 시간이 되었고, 친구 중에 하나가 더 빨리 내려가는 길을 안다고 해서 비탈을 타고 내려와서 보니 그게 그만 범모텡이 건너편이었다. 그동안 그렇게 내가 넘어서고자 애썼던 범모텡이 신작로 구비는 아니었지만, 그날 나도 모르는 새 나는 친구들과 경사진 뒷산 능선을 넘어섬으로써 범모텡이를 통과했던 것! 나한테나 범모텡이가 넘어서기 힘든 길이었을 뿐, 날마다 그 길로 통학을 하는 친구들에겐 범모텡이를 통과하는 길이 신작로 말고도 산길, 물길, 부지기수였다는 것을 나는 그때야 알게 되었다.

예리나 석곡 사는 친구들이 각자 집으로 흩어진 뒤 나는 혼자 남았고, 그때까지 그렇게 넘기 힘들던 범모텡이 길이 반대편에서 보니 내 집을 향해 난 길이란 것을 깨닫고 난 뒤 일면 안도하기도 하고 일면 실망하기도 했던 기억.

떨리는 마음으로 고개를 돌려 범모텡이 산비탈을 올려다보니 히말라야시다 나무들만 빽빽하게 서 있었다. 아무리 흰옷을 입었다고 해도 오밤중에 저 캄캄한 숲 속에 들어가 있으면 아무것도 보이지 않을 텐데…… 이쪽 동네 어른들은 도대체 뭘 봤다는 것인지 고개를 갸웃거리며 나는 그곳을 통과했다. 그 범모텡이 산비탈엔 무엇이 묻혀 있었던 것일까. 내 두려움과 호기심의 나날도 함께 묻혀 있는 그곳.

추상과 상형의 사이에서

마침내 범모텡이를 돌파하고 난 뒤 내 걸음이 닿는 반경은 날이 다르게 넓혀졌다. 내게는 읍내 친구들보다 진안읍 동쪽(무주, 장수 방향) 자연'부락'(마을)에서 다니는 친구들이 더 많았다. 걔들은 하루에 이십리 정도를 걸어와야 했고, 수업이 끝나면 다시 이십리 길을 되돌아가야 했다. 그 친구들의 통학 거리만큼 내 활동 반경도 넓혀졌다. 6년을 내리 같은 반에 있다 보니 이렇게도 어울리고 저렇게도 어울리며 나는 날마다 이 친구네 저 친구네 동네로 마실을 나다녔다.

그러면서 자연스럽게 '읍내'와 그 바깥을 지명으로 구분한다는 것을 알게 되었다. 읍내에는 '우화동', '학천동', '노계동'과 같이 '~동'이란 지명이 붙어 있었고, 그 바깥은 예리, 석곡리, 물곡리, 암곡리, 가막리, 가림리와 같이 '~리'가 붙어 있었던 것. 큰아버지 댁이 있는 곳을 어머니는 늘 웃새골이라고 불렀지만, 정작 웃새골 아이들은 꼭 자신들이 노계동에 산다고 힘주어 말한다는 것도 그즈음 절로 알게 되었다.

다 같이 진안 촌구석에 사는 사이였지만 '○○동'에 사는 친구와 '××리'에 사는 친구들 사이에 존재하던 미묘한 경계를 4~5학년이 되면서부터 우리는 의식하기 시작했던 것 같다.

'리'라는 말이 어쩐지 더 촌스럽게 여겨졌고 물곡, 암곡, 석곡과 같은 이름에서 즉각적으로 감지되는 동네의 지형적 특징 또한 일차원적인 것으로 받아들여지는 느낌. 새삼스럽게 그때부터 우리 반에서는 '너는 어느 동네 사냐?'는 질문이 나오기 시작했다. 지금 생각해 보면 그건 차별이나 배제와 같은 사회학적 용어로 분석될 성질의 변화라기보다 자의식의 성장과 같은 단어를 투입해야 더 적합한 일이었지만 당시에는 꽤 마음이 쓰였던 일이기도 했다. 너는 어디 살고, 나는 어디 사는가? 왜 우리가 사는 곳의 이름은 다른가?

학년이 올라가면서 생긴 이 같은 변화는 자연스럽게 내가 사는 동네 이름을 다시 반추하게 만들었다. '우화동(羽化洞)'. 내가 사는 동네 이름이 왜 우화동인지 유래를 아는 어른들은 거의 없었다. 동네에 '우화정'이란 정자와 그 정자가 자리한 '우화산'이 있어서 우화동이라고 한다는 것이 내가 들을 수 있는 대답이었는데, 그럼 처음 '우화정'이란 이름을 붙인 사람은 누구냐고 물으면 아무도 대답을 하지 못했다.(내가 알기엔 지금도 그렇다.)

'우화', 당시 이해하기엔 너무 고차원적인 말이었다. 육신을 지닌 인간을 득도하여 초인의 경지에 이르러 육신을 벗어던지고 둥실둥실 하늘로 날아올라가는 것을 '우화등선'이라고 한다. '우화'라고 하는 우아한 단어는 여기서 추출되었을 것이 분명했지만, 대체 누가 우화등선을 했다는 것인지. 지명의 유래를 알아낸다는 것은 그야말로 뜬구름 잡는 일. 물곡, 석곡과 같이 그 뜻이 금세 짐작되는 이름이 있는가 하면 추상적인 이름들도 많았다. 예리(曳里), 언건리(彦巾里) 이름은 지금도 어렵다. 그렇게 쉽고 어려운 지명들이 뒤죽박죽 섞여 있는 곳이 어린 시절 내 고향이었다.

상형(象形)과 추상(抽象)의 혼재 상태. 내 성장기는 이제 그 혼돈의 소용돌이 속으로 빠져들기 시작했다.

'진안'과 '달빛 물결', '부귀산'과 '배때기산'

그때 생각하니 '진안(鎭安)'이란 군 전체의 이름도 알쏭달쏭한 지명이었다. 최대한 긍정적인 한자 뜻으로 풀어 '편안하게 안돈된 상태'를 이르는 지명이라는 게 어른들의 설명이었는데, 중학교에 들어가서 한문을 배우고 보니 '누를 진(鎭)' 자로부터 평안과 정돈을 떠올린다는 건 보통의 상상력이 아니고선 힘든 일이라는 생각이 들었다.

어떤 어른들은 진안의 원래 이름이 월랑(月浪)이라고 했다. 진안고원 연이어진 봉우리와 깊은 골짜기에 달빛이 물결처럼 출렁이는 모습이 너무 아름다워 아예 이름마저 달빛 물결이란 뜻의 월랑이라 했던 것인데 그게 어느 시점에 진안으로 바뀌었다는 것이다. 월랑이란 사라진 이름에 대한 설명은 당시 내게 충분히 매력적이고 신비한 것이었다. 하지만 '월랑'이란 아름다운 지명이 언제 왜 누구에 의해 '진안'이란 무덤덤한 이름으로 바뀌었는지를 제대로 설명해주는 이는 역시 없었다.

군 명칭만 이런 것이 아니었다. 진안고원에는 크고 높은 산이 많지만 가장 유명한 것은 읍내에서 십리 상거에 있는 마이산이다. 하지만, 읍내 사람들이 진산(鎭山)으로 여기는 산은 마이산이 아니고 '부귀산(富貴山)'이라는 산이다. 하지만, 어릴 적 이 산 이름을 '부귀산'이라고 부르는 이를 나는 거의 본 적이 없다. 누구나 다 '배때기산'이라고 불렀다.

처음엔 발음 그대로 사람 배를 낮잡아 부르는 말에서 나온 산 이름이라고 생각했지만, 아무리 봐도 사람의 배 모양으로 둥글게 생긴 산은 아니었다. 산 정상에는 마치 칼로 도려낸 듯이 직각의 수직 절벽이 서 있어 둥글기는커녕 날카로운 느낌이 더 강한 산세였다. 어른들에게 들으니 그 산 이름은 '배때기산'이 아니고 '배대기산'인데 된소리 발음이 되어 배때기산이라고 한다는 것이었다. 지금 산중에 삐죽하게 솟아 있는 절벽이지만 원래는 거친 바다에 잠겨 있었고, 저 절벽은 바다 속에 잠겨 일부만 드러난 채 배를 묶어 두는 항구 역할을 했다는 설명이 계속해 이어지고 있을 때……
나는 어렴풋이 상상력이나 이를테면 스토리텔링의 힘을 조금씩 이
해하기 시작했던 것 같다. 저 높은 산꼭대기 일부만 바다 위에 간
신히 모습을 드러냈다면, 배때기산이 마이산보다 높으니 마이산은
물속의 암초 정도나 되었을 것이고, 내가 사는 집터란 오갈 데 없
이 물고기 놀이터? 만약 지금이 그때와 같다면 나는 강바닥을 쏘
다니는 쏘가리이거나 쏘가리에게 쫓기는 피리 새끼가 되었을지도
모르겠구나!

　이야기는 생각을 부르고, 생각은 또 다른 생각을 부르고…… 난
나도 모르게 짜릿한 이야기 속으로 빠져들어 허우적이게 되었다.

물 너머 산에 이름을 선물하고 싶다

　그 뒤로도 지명에 대한 내 관심은 계속되었다. 마령(馬靈)이나
용담(龍潭), 상전(上田), 성수(聖水), 동향(銅鄕)과 같이 지형적 특성
이나 특산물로부터 유래한 이름이나, 주천(朱川)·정천(程川)·안천
(顏川)처럼 중국 성현인 주자·정자·안자를 지명에 차용한 경우 모
두 흥미롭기는 마찬가지였다. 백운(白雲)·부귀(富貴)·진안이란 이
름에 담겨 있는 노골적인 지향성 또한 많은 생각을 하게 만든다.

　진안의 곳곳에 담긴 지명에는 그 당대의 고민이 담겨 있으리라.
내가 사는 이곳을 무엇이라 부를 것인가. 그 고민의 결과가 낳은
다양한 지명은 현재를 사는 우리들에게 뒤섞여 전해지고 있다. 한
때 이런 지명들의 유래를 찾고 분류하고 순서를 세워보는 일에 관
심을 둔 일이 있었다. 지금은 그게 그리 중요한 일은 아니라고 생
각하는 편이다. 관심이 시들해져서 그런 것은 아니다.

뒤죽박죽으로 놓인 지명의 미로 사이를 헤매는 일이 오히려 더 즐겁다고 생각하게 되었기 때문이다. 플로베르가 이야기한 '일물 일어설'은 문자 텍스트 안에서 유효할 수 있으나 역사와 거대한 자연환경의 변화 앞에서는 옹졸하다. 많은 이름이 명멸한 만큼, 마침내 시간을 헤쳐 나와 우리 앞에 당도한 어떤 지명이나 전설은 그 시간만큼 존중받아야 한다는 생각.

'진안'과 '월랑' 사이의 간극이나 배때기산과 부귀산 사이에 서로 다르게 존재하는 상상력의 차이에 대한 호기심. 그게 지금의 나를 만들었다는 것을 알게 되었기 때문. 이름을 붙이는 일이나 거기에 이야기를 덧붙이는 일은 당대 세계 인식의 가장 압축적인 형태라고 할 수 있다.

요즘 내가 관심을 갖는 일은 읍내에서 언건리 지나 월포 쪽으로 흘러가는 높고 낮은 산줄기에 적당한 이름을 붙여주고 싶은 것! 내 상상력을 키워준 고향의 지명과 이야기들 덕에 지금의 내가 있다면, 이제는 그 공덕을 갚아야 할 때도 됐다. 어찌 보면 누워 있는 소의 어깨처럼 보이기도 하고, 벼루 몇 개를 모로 세워둔 것 같기도 한 저 산에 나는 무슨 이름을 붙일 것인가. 나는 요즘 내가 궁금하다.

앞산, 뒷산, 옆산이거나 ○○번지 임야 몇 필지, 소유주 ○○○정도로 문서에 기록되었을 저 산줄기에도 그 언젠가는 적합한 이름이 있었겠지만 또 어느 순간에 잊혔고 다시 복원되지 않고 있을 터
……. 용담댐이 들어선 뒤 진안의 환경생태계에만 변화가 생긴 게 아니다. 문화지형학에도 깊은 부침이 발생하고 있다. 용담댐 거대한 저수 유역 너머에 있는 산들의 이름도 자꾸 물속으로 가라앉고

있다. 이제 대부분의 산들이 '물 너머 먼 산'들이다. 이처럼 시간은 요지부동일 것 같던 공간적 분포에도 변화를 가져왔고 심리적 유대감에도 균열을 안겨줬다.

배때기산을 이제 부귀산이라 부른다 한들 그게 뭐 큰일이랴. 내 세대에게 배때기산의 이야기가 있었다면 후배 세대들에게는 부귀산에 관한 이야기가 새롭게 생성되면 될 일.

고향에 대한 추억은 성장기에 대한 기억이다. 시간의 흐름은 고정시킬 수 없지만 변함없는 산천이 있기에 고향에 정을 느끼는 것. '고향'은 흘러간 시간과 변함없는 공간 사이에 선 인간이 느끼는 심리적 연대감이 낳은 말이다. 자신의 유소년 시절을 특정한 공간에 고착해 두고자 하는 순수한 욕망이 고향을 찾게 만든다. 이름에 대한 기억, 이야기에 대한 당시 내 반응을 기억할 수 있어야 고향은 고향이 된다는 생각.

그게 이 글에 내 어린 시절을 담아 두는 이유일 것이다. 글의 세계 또한 내가 새롭게 정착한 또 다른 나의 고향인 터! 이 두 개의 고향이 내 안에서 오래토록 화목하길 기대한다.

2. 아름다운 터, 무성서원

'세계문화유산'으로 등재되다

유네스코 세계유산위원회는 2019년 7월 6일 아제르바이젠 바쿠에서 열린 제43차 회의에서 한국의 서원(書院) 아홉 곳을 세계문화유산으로 등재했다. 정읍의 무성서원과 최초의 사액 서원인 영주의 소수서원(백운동서원), 도산서원·병산서원(안동), 옥산서원(경주), 도동서원(대구), 남계서원(함양), 돈암서원(논산), 필암서원(장성)이 조선시대를 관통하던 성리학적 전통을 대표하는 상징 공간으로 국제적 인증을 받은 것이다.

조선 중엽부터 유가적 이상인 '존현양사(尊賢養士)'의 실체적 공간으로 전국 각지에 뿌리내렸던 서원은 조선 말에 1천여 개 가까이 늘어나면서 전통을 계승하고 후학을 양성한다는 본래의 취지를 벗어나 문벌의 '사당(私黨)'이나 '사당(祠堂)'으로 전락했다는 비판을 받았다. 이는 결국 흥선대원군의 서원철폐령이란 극단 조치를 불러왔다. 이후 조선조의 몰락과 함께 서원의 이념적 기반이었던 성리학적 질서가 붕괴되고 서원을 구성하던 핵심 구성원이자 정치 사회적 보호막이었던 양반 계층이 해체되자 서원은 더 이상 연명하기 힘든 지경이 되었다.

일제의 침탈, 국권 상실, 서구적 근대 철학과 교육 제도의 도입 등 동시다발적으로 가해진 충격 속에서 서원은 형해만 남은 지나간 시대의 잊힌 상징 취급을 받았다. 과거는 늘 우리 앞에 존재하지만 눈여겨보지 않으면 시간의 잔해에 불과할 뿐. 이런 점에서 한국의 서원이 유네스코 세계문화유산으로 등재된 것은 분명 자랑스러운 일이다. 하지만, 그동안 우리가 방치해두고 있었던 묵은 숙제를 이제는 풀어야 한다는 역사적, 국제적 요구에 직면한 것이기도 하다.

한국인들에게, 한국의 정신사 속에서 서원은 무엇인가? 한국의 성리학적 전통은 어떻게 계승되고 심화, 확산되었으며 현대에 이르러서는 또 어떻게 변화하고 있는가? '세계문화유산'이란 타이틀은 잠시 우리가 물려받은 유산에 자긍심을 심어주기도 하지만, 멸실 위기의 가치를 보존하고 재조명해야 한다는 의무도 동시에 부여한다.

무성서원이 남다른 이유

이번에 무성서원과 함께 등재된 서원 여덟 곳의 주벽(主壁)에 배향된 신위들은 주세붕과 이황에 의해 해동 성리학의 조종(祖宗)으로 섬겨지는 안향(소수서원)을 필두로 사옹 김굉필(도동서원), 일두 정여창(남계서원), 회재 이언적(옥산서원), 하서 김인후(필암서원), 퇴계 이황(도산서원), 서애 유성룡(병산서원), 사계 김장생(돈암서원) 등이다. 모두 한국 성리학사의 기라성 같은 존재이고, 이 여덟 곳의 서원은 '죽어서도 살아있는' 여덟 분 동방명현의 공간이라고 할 수 있다.

'서원'을 '책의 집'이라고 직역한다면 여기 여덟 분은 마침내 책이 된 존재, 하여 후손들에게는 독서와 탐구의 대상이 되는 인물들이다. 한 권의 경전이 된 선현의 뜻을 궁구하던 후예가 언젠가 또 다른 한 권의 책이 되어 서가에 꽂히면 후손의 후손들이 또 그 책을 찾아 읽는 곳. 일례로 도산학당을 열었던 퇴계는 죽어 도산서원이 되었고, 도산서원은 '퇴계학파'의 거점이 되었으며, 김장생은 김집을 낳았고 김집은 송시열과 송준길과 길렀으니 이들은 죽어도 죽지 않고 모두 돈암서원에 모여 있는 식. 이런 면에서 이들 서원은 두꺼운 한 권의 책과 같이 '일문(一門)'을 이뤘다는 공통점을 지니고 있다. 고절하고 엄준하게 깎아놓은 높은 한 봉우리.

이에 비하면 무성서원은 올망졸망한 여러 개의 언덕이 모여 있거나 몇 권의 서로 다른 책이 모여 있는 곳처럼 보인다. 신라 말, 태산군수를 지냈다는 고운(孤雲) 최치원(857년~?)을 위해 지은 태산사를 조선 성종 때 정극인(1401년~1481년)이 지은 향학당(鄕學堂) 자리로 옮겼고, 조선 중종 때 태인현감을 지내며 교육에 힘쓴 신잠(1491년~1554년)을 기리기 위해 태산서원이 조성되는 과정에서 최치원과 신잠을 합사(合祀)했으며, 이후 '무성서원'이란 이름의 사액서원이 되었다는 게 이곳의 건립 내력. 최치원, 정극인, 신잠. 이 세 사람은 이 지역과 긴밀한 연관을 맺고 있다는 공통점 외에 또 무슨 인연이 있을까?

최치원과 정극인과 신잠

최치원을 한국 유학의 태두로 여기는 이들이 없는 건 아니지만,

대부분의 사람들은 최치원을 사상가라기보다 한문학사의 대문장가라고 생각한다. 또한 최남선 등에 의해 최치원은 우리의 '풍류'를 최초로 고찰한 학자로 언급되고 태인·군산·서산·함양·부산 등 당시로서는 변방을 떠돌던 유능한 행정가이자 불우한 지식인의 표상으로 남아 있다. 쌍계사나 해인사 등지에서는 불교적이라기보다 오히려 도교적인 자취를 남긴 인물로 기억된다. 그는 당시에도 워낙 전국적인 명사여서 태산(정읍시 태인면과 칠보면 일원)과의 인연만을 별나게 강조하기가 쉽지 않은 인물. 그럼에도 태인 사람들은 방랑기 가득한 최치원에게 사후 머물 거처를 내주었다.

한국 가사문학의 효시로 일컬어지는 「상춘곡」을 남긴 불우헌(不憂軒) 정극인에게 이 지역은 처향(妻鄕)이었다. '불우헌'이란 예사롭지 않은 자호에서 느껴지듯 정극인은 격변이 많았던 조선 건국 초기 태종-성종 대를 힘겹게 통과했던 이라 할 수 있다. 그의 생애에 비춰보면 '꽃나무 가지 꺾어' 술을 마시는데 '청향은 잔에 지고 낙홍은 옷에 진다'와 같이 「상춘곡」에 등장하는 표현은 낭만적이면서도 묘한 비애를 불러일으킨다. 관리로서 크게 성공하지 못한 그가 81세로 세상을 뜰 때까지 가장 크게 칭찬을 받은 대목은 태인에서 젊은이 교육에 힘을 썼다는 것. 그는 결국 이곳에 뼈를 묻었다. 현재 그의 묘역을 중심으로 '상춘(곡)공원'이 조성되어 있다.

성종 때 태어나 명종 때 죽은 신잠이 태인 현감을 제수 받은 것은 50대 중반이다. 그는 신숙주의 증손으로 일찍 과거에 급제했으나 남곤 등의 모함으로 20년 넘게 귀양살이를 한 직후였다. 오랜 유배 생활 동안 묵죽(墨竹)에 심취해 일가를 이뤘으나 행정가의 역량은 전혀 검증되지 않았던 그는 무려 6년 동안 태인현감으로 근무하며 선정을 펼쳤다. 특히, 태인의 동서남북 네 곳에 학당을 두고 교육의 체계를 잡은 것은 크게 귀감이 될 만한 일이었다. 그는 뒤에도 간성·상주 등으로 외직을 떠돌며 선정을 베풀다가 순직했다. 조선 전기를 대표하는 문인화의 대가로 평가된 것은 그가 죽고도 한참의 시간이 흐른 뒤. 당대에 그의 가치를 알아본 것은 태인 사람들이었다. 그가 떠나자 태인 사람들은 신잠의 얼굴을 조각상으로 새겨 간직했고 그를 위한 생사당(生祠堂)을 세웠다.

이 세 사람은 생전 자신의 역량을 알아봐주지 못한 시대를 살았던 인물이었고, 이 땅에 와서 비로소 제 역량을 펼치거나 인정받았다는 공통점을 지닌다. 너른 땅 전라도는 그만큼 너른 품을 지니고 있었다. 이 세 사람이 요즘 말로 하자면 문화예술인의 풍모가 강했다는 것도 공통점이라면 공통점일 터.

태인 방각본과 병오창의에 담긴 뜻

방각본(坊刻本)이란 조선조 민간 출판업자에 의해 간행된 서책을 일컫는 말. 상대적으로 서책을 구하기 어렵지 않았던 서울에 비해 지방에서 방각본 출간과 유통이 시작됐다. 하지만 전국 모든 곳에 인쇄출판 시설이 존재했던 것도 아니고 그만한 자본과 유통력이 있어야 했으니, 호남에서는 전주와 나주 그리고 태인 만이 방각본 출간을 할 수 있었다. 이외 경기도 안성이나 경상도 달성 정도가 방각본을 출간했다. 방각본 출간을 중심으로 본다면 전라도에서 태인의 위상은 전주와 나주에 버금갔다.

이러한 태인의 위상을 보다 확실하게 보여주는 것은 1906년 호남 유림이 총궐기한 병오창의(丙午昌義)가 결의된 곳이 이곳 무성서원이라는 사실. 최익현과 임병찬이 앞장섰지만 항일의병투쟁에는 사람과 물자가 필요한 법. 항일의 기치 안에 모여들고 보복에 대한 두려움을 떨치고 군수물자를 제공할 수 있는 사람들이 살았던 곳이 여기 태인이고 칠보였다. 이후 일제의 퇴각이 있을 때까지 한반도에서 거병했던 독립운동 세력의 태반은 호남을 기반으로 한 의병이었고, 병오창의는 비장한 호남의병 투쟁의 서막이 되었다.

이미 왕조가 기울었지만 그렇다고 이 땅의 의기마저 꺾인 것은 아니라는 것! 서원에는 사람이 모이고 결의를 맺고, 사람들의 약속은 행동이 된다는 것! 무성서원은 이것을 입증했다.

마을이 곧 서원이다

무성서원은 마을 한가운데 있다. 이 또한 현재 남아 있는 전국 유명 서원들이 산천경개가 좋은 곳을 독점하고 있는 것과는 대조적. 마을을 둘러싸고 있는 성황산 자락도 푸근한 인상을 준다. 동네 이름도 원촌. 서원이 있는 마을이란 뜻. 서원은 마을에 싸여 있고, 마을은 서원을 품고 있다.

이제 동네 사람들에게 무성서원의 당우는 동네 정자처럼 무시로 드나드는 곳으로 쓰인다. 유물 관람하듯 참배하듯 입장료를 내거나 엄숙해져야 하는 다른 서원에서는 절대로 연출되지 않는 장면. 무성서원은 이전에도 스스로 발돋움해 자신의 키를 높이려 하지 않았고 지금도 그렇다.

이런 태평스러운 풍경이 연출되는 연유에는 이 지역이 1475년 정극인이 주도하여 작성했다는 '고현향약(보물 1181호)'의 정신이 스민 탓도 있으리라. 향약은 토지 기반 노동, 생산 공동체가 문화

공동체로 변모하는 과정을 보여주는 매우 중요한 규약. 사람과 사람이 약속하고, 개인과 집단이 결속하여 자치자규(自治自規)할 수 있다는 것을 입증하는 고도의 사회적 행위가 '향약'을 입법하고 준수하는 일이다. 이 마을은 이미 550여 년 전부터 스스로 다스리고 가꾸며 살아온 내력이 있다.

이런 저간의 사정을 감안하면 이곳은 마을 전체가 살아있는 서원, 움직이는 서책과 같은 곳이라고 할 수 있다. 원촌 마을에 가시거든 무성서원과 상춘공원만 보지 말고 꼭 동네 한 바퀴 조용히 천천히 둘러보시라. 곳곳에 서로가 서로를 표창하고 격려하는 기념물을 세워두고 있다. 다른 마을이라면 잘난 체 있는 체 하는 것으로 보일 수도 있는 것들이 이 마을에서는 자연스럽기 그지없다. 스스로 흡족해 하는 마을, 그 한가운데 무성서원이 있다.

3. 선운사의 가을은 찬연하였다

한 점 섬 같은 절집

선방은 섬과 같다. 절해고도, 바다를 건너듯 이 언덕을 떠나 저 언덕에 가 닿겠다는 결기로 가 닿는 곳. 우리 삶이 운수행각(雲水行脚)으로 점철된다지만 만행(萬行)의 발걸음도 잠깐씩은 맺히게 마련이다. 마치 이정표를 찍듯이, 이 섬에서 저 섬으로 건너가듯이 한 점, 그리고 한참을 더 길을 헤쳐 나아가다가 또 한 점!

절집을 찾는 일은 이처럼 내 마음에 점을 찍기 위한 것인지도 모른다. 우뚝 멈춰 서보면 그동안 달려온 관성에 의해 순간 휘청한다. 그걸 좌정으로 애써 다스린다. 노독(路毒)을 풀고 다시 행장을 꾸리는 시간. 어쩔 수 없이 우리는 길 위의 인간이다. 때로 멈춰야 한다는 것을 알려주는 장소와 계기가 산중 깊은 섬, 절집에 숨어 있다.

가을 선운사 가는 길은 꽃멀미 나는 길이다. 선운사 동구에서부터 만나는 꽃무릇(상사화)의 꽃밭에 눈을 빼앗기다 보면 절집에 도착하기란 아득한 일이다.

상사화의 꽃말을 어떤 이는 '이루어질 수 없는 사랑'이라고 하고 어떤 이는 '참사랑'이라고도 하지만 기실, 모든 사랑은 첫사랑이고 짝사랑인지도 모른다. 뜨겁게 바라는 마음에 붉어진 얼굴, 그로 인한 영혼의 몸살.

상사화를 보면서 지금 진행 중인 사랑과 지나간 인연과 다가올 어떤 만남에 대한 예감으로 가슴으로 뛰는 한, 상사화의 꽃밭을 한 달음에 건널 수는 없는 일이다. 그렇게 선운사에 닿는 길은 멀다. 지켜봐야 하고 또 해찰하며 꽃 그 너머의 꽃을 생각해야 한다. 사랑, 혹은 사랑하는 일이 그렇다.

동백을 노래하는 시인

동백(冬柏)만큼이나 '아름다운 오해'를 받는 꽃도 많지 않다. 그 이름 탓인지, 동백꽃을 겨울을 이기고 봄이 시작되면 홀연 그 자취를 거두는 꽃으로 생각하는 이들이 많지만, 사실 동백꽃은 가을부터 겨울까지 오랫동안 피고 또 진다. 동백꽃을 일점홍(一點紅)으로 여기는 이들도 많지만, 실제로 동백꽃은 군락을 이뤄 피는 꽃이다.

이런 오해가 생긴 것은 동백꽃이 지는 모습 때문이리라. 선연한 핏방울이 뚝뚝 지듯, 동백꽃은 아무런 예고도 없이 가장 밝게 빛나는 모습으로 이 생에서 저 생으로 훌쩍 건너�뛴다. 그 찰나의 순간 앞에서 사람들이 돈오(頓惡)를 연상하는 것은 필연 그 동백꽃이 핀 곳이 다른 곳이 아닌 절집 선운사일 터. 제 몸의 무게로 정직하게 낙하하는 생애. 개화(開花)의 찬연함만큼이나 낙화(落花)는 장엄하다. 꽃봉오리가 하나 질 때마다 절집 뒷마당엔 보이지 않는 파문이 인다.

서정주와 김용택과 송창식과 최영미 등 시인가객들이 '선운사 동백꽃'을 그리도 간절히 노래한 이유가 이 여운에 매혹당한 까닭일 것이다. 돌연한 부재, 예고되지 않는 이별. 한 점 파문을 그리며 떨어지는 동백꽃 한 봉오리는 우리 삶의 가장 빛나는 한 때와 저무는 한 때가 서로 다르지 않음을 알려준다. 그야말로 '공즉시색 색증시공'이다.

만개(滿開)와 낙화, 그리고 다시 개화하는 생명의 사이클. 생명은 언제나 주검 위에서 꽃핀다. 문학은 그 간극 사이에 존재하는 팽팽한 긴장의 파동을 그려내는 것.

동백꽃을 노래하는 시인의 마음이나, 꽃 사태 흐드러진 동백숲을 찾는 우리의 마음이 또한 하나이다. 누군가는 노래하고, 누군가는 듣고 있을 뿐, 엄연한 것은 그런 틈에도 동백은 우주의 질서에 따라 어김없이 피고 또 어김없이 진다는 사실. 이런 점에서 다른 곳 아닌 선운사의 동백꽃은 자연이 빚은 꽃인 동시에 인간의 마음이 피운 문학의 꽃이요 절집의 드높은 추상을 상징하는 꽃이라고 할 수 있다.

마음을 부려놓고 쉬기

길을 걸으면 걸을수록 이 길 너머엔 무엇이 있을까 더욱 궁금하고 아득하지 않던가. 한 소식 듣기를 갈망할수록, 그 깨우침은 더더욱 멀게 느껴진다. 그 아득함이 절집을 찾게 하고, 시집을 열게 만드는 것인지도 모른다. 시인들이 시행과 시행을 가로질러 건널 때마다 거기선 언어의 은빛 비늘이 쏟아지고 절집에선 자발적인 침묵을 통해 불립문자의 세계를 엿볼 수 있다. 인간들의 삶엔 이와 같은 도약이 간절하게 필요할 때가 있다.

마음의 평정을 구한다는 것이 가만히 앉아 있다고 되는 일은 아니다. 애써 가라앉히려 해야 한다. 맑아져야 더 멀리 볼 수 있는 것, 맑아지려 몸부림치면 또 흐려지는 것. 그렇게 몇 번씩 허방을 짚는 사이, 더는 힘이 없어 맑아지려는 욕심을 낼 수 없을 정도로 소진할 정력을 모두 소진해야 마음이 가라앉는다. 책을 보는 일도 그렇다. 서정주의 「국화 옆에서」나 「선운사 동구」를 읽으며 거기 맺힌 뜻을 붙잡으려 들수록 시어들은 미끄러져 도망친다. 차라리 선운사에서 상거 십리 길, 질마재를 가로질러 미당시문학관 앞마당을 천천히 걷다 보면 내가 시를 이해하겠다는 집착에 사로잡혀 정작 국화 한 송이 제대로 보지 못했구나, 생각되는 순간이 있다. 이런 점에서, 선운사와 그 일원은 유서 깊은 절집인 동시에 그만큼이나 오래된 문학 체험 공간이기도 하다.

검단선사로부터 백파, 석전으로 이어지는 법맥은 새삼 강조할 필요가 없을 정도로 한국 불교사에 우뚝하다. 추사 김정희나 초의선사, 신석정, 조지훈 등 선운사의 스님들과 교유하며 배움을 청한 학인들의 자취 또한 뚜렷하다. 도솔암 마애불과 동학 혁명의 관계도 한국 근대소설의 흥미로운 탐구 주제였다. 구름처럼 만나고 번개처럼 헤어진 영혼과 영혼, 역사와 문학의 관계는 되새겨 봐도 늘 흥미롭다.

이뿐인가. 고창은 역사, 자연, 문화, 어떤 테마로 접근하든 볼거리가 너무 많아 고민스러운 지역이다. 세계문화유산으로 등재된 수백 기의 고인돌 앞에 서면 선사 이래 여전히 그 자리를 지키고 있는 고인돌의 생애 앞에서 절로 겸허해진다. 법성포에서 위도로 이어지는 칠산 앞바다에는 어로 생활이 빚는 민속의 모습이 여전히 남아 있다. 고창의 자랑거리중 하나인 고창읍성 바로 앞에 자리 잡은 고창판소리박물관에는 구비전승 되던 판소리를 문자로 정착시키는데 결정적인 공헌을 한 동리 신재효의 흔적이 역력히 남아 있다.

선운사는 고창에서 볼 수 있는 이 모든 풍광들을 둘러보고 들어서야 하는 곳이다. 시간과 공간이 빚어낸 이 분방한 빛깔과 무늬들을 '인간'이란 화두로 자기수렴 하고자 할 때, 선운사는 더욱 그윽한 곳이 된다. 고인돌에서 미당시문학관까지, 혹은 고대 백제가요 「선운사가」에서 판소리박물관까지.

그 망망한 바다를 건너 예까지 항해를 한 사람들의 흔적이 절절하게 내 마음에 들어올 때, 도무지 그 붉은 마음이 궁금하여 견딜 수 없을 때, 도솔천을 건너 선운사 지객승에게 객방을 청할 일이다. 한 점 섬처럼 선운사는 거기 그대로 만세루를 열어두고 여기 잠시 마음을 부려놓고 쉬고 계시라, 말없이 한 잔 차를 내준다.

4. 절집으로 향하는 마음

나도 모르게 이끌리는 발길

언제부터일까? 하루나 반나절 바깥나들이라고 나서면, 발길이 저절로 절집을 향한다는 것을 깨닫게 됐다. 사실 그리 놀랄 일은 아니었다. 나 역시 어릴 적부터 학교 소풍, 친구나 가족들과의 여행 속에서 절집은 통과해야 하는 곳이거나 목적지였던 경우가 허다했다. 전북 진안에서 나고 자란 나는 초등학교 적 소풍 열두 번이 모두 마이산 탐사를 다녀오는 거였다. 그 후엔 전주 남고사 근처에서 오래 살았고 주말이면 모악산을 오르내리며 대원사와 금산사에서 땀을 식히곤 했다. 대부분의 사람들이 그렇듯, 나 또한 좀 걷기도 하다가 사진도 찍고 하는 나이가 되어서는 개심사, 무량사, 선암사, 송광사, 실상사, 내소사, 선운사, 천은사, 사성암, 쌍계사, 미황사, 상원사, 백담사, 해인사, 범어사 등등 전국의 절집을 무심코 찾아 다녔다. 그야말로 절로 저절로 다닌 것이다.

거의 무의식적으로 행해진 일에 대해 그 이유를 묻고 찾는 일은 때로 무의미하다. 한국의 산하가 여전하고, 그 자락에 절집이 있는 한 우리들 대부분은 별 생각 없이 절집을 찾는 게 일반적이기 때문이다. 이런 자연스러움이야말로 한국 불교가 갖는 최대의 미덕일지도 모른다. 산에 가면 절이 있다. 산 정상에서 내려다보면 유난히 햇살이 모여드는 자리에 절집이 있듯 사람들이 모여든다.

그렇지만 사람은 때로 자신이 하는 일에 대해 스스로 자문자답하길 원한다. 나는 어디로, 왜, 지금 가는가? 그렇게 문득 우리는 깨달음의 길에 들어서는 것 아닐까! 깨달음이란 전혀 몰랐던 것을 새롭게 아는 것이 아니라 무심하게 지나쳤던 마음 안팎의 풍경을 찬찬히 다시 바라보는 일, 나는 저 풍경을 통과해 지금 여기에 서 있구나 알게 되는 것. 춘하추동, 생노병사, 기승전결과 같은 거대한 삶의 리듬 안에 내가 있다는 것을 확인하는 일. 그렇게 문득, 나는 왜 절집을 자주 찾나, 묻게 됐다.

마음의 실제를 빚는 공간

문학 혹은 심리학 용어 중에 투사(投射, projection)라는 단어가 있다. 마음속 어렴풋하게 떠오르는 어떤 상념을 글로 그려내는 일 혹은 마음이 빚은 풍경과 일치하는 이미지를 마음 밖에서 포착하는 일을 말한다. 아픈 이에겐 아픈 풍경이 눈에 들어온다. 우연한 대상의 일치를 경험하는 것은 그리 어려운 일이 아니지만 마음의 결을 글로 옮기는 것은 결코 쉽지 않다. 중국의 문예이론서인『문심조룡(文心雕龍)』은 마음의 무늬를 글로 옮겨 가치나 주제를 상징하는 '용'을 그려내는 것이 곧 글이라는 뜻이다. 지난한 일이다.

건축도 이와 비슷하다. 마음속으로 생각한 집과 집 사이의 배치를 실제 땅 위에 구현하는 게 건축이다. 그 완벽한 구현을 절집에서 볼 수 있다고 생각한다. 절집의 모든 공간 배치는 불교적 세계관을 따른다. 일주문과 천왕문을 통과하는 의례를 거쳐 탑과 불등이 서 있는 절집 마당을 지나야 주석하고 계신 부처님을 만날 수 있다. 흔히 토착신앙과의 결합이라고 생각하는 산신각이나 칠성각 또한 조화롭다. 땅 위의 사람이나 축생 뿐 아니고 하늘에 떠 있는 생명, 물길과 함께 하는 생명, 그리고 하늘 저 너머와 땅 밑에 갇힌 생명까지도 제도하겠다는 불전사물(佛殿四物)을 보고 있노라면 저 작은 법구 안에 시방세계가 다 축약되어 있다는 생각. 이러한 조화경을 이루기까지 한국불교가 걸어온 시간을 생각하다 보면 이 정밀한 공간을 구현하기 위해 갖은 노력을 아끼지 않았을 옛 스님들과 그때의 신자들, 그리고 직접 집을 짓고 탑을 올린 무명의 석공들과 목수들이 절로 떠오른다. 오래된 절집에 들어서면 무엇 하나 허투루 보아 넘길 수 없다. 상징과 사연과 설화가 함께 늘어서 있다. 그 안에서 지난 시간과 지금 우리 앞의 시간이 서로에게 스미는 것을 본다.

이게 내가 절집을 찾는 첫 번째 이유다. 마음이 빚은 조화가 실제로 펼쳐져 있는 곳. 속세간은 얼마나 어지러운가. 때로 우리는 이와 같이 단정한 공간에서 어지러운 마음을 정돈한다.

절은 산에 안기고, 사람은 절에 안기고

대개 절집은 산에 안겨 있다. 해서 절마다 '가야산 해인사' 같은 식으로 일주문 위에 주소를 크게 새겨둔다. 절집의 주소, 내 발길이 향하는 주소. 난 이 주소 표기 방식이 마음에 든다.

불교적 세계관으로 하자면 세상 어느 곳이든 불성이 깃들지 않은 곳이 없다. 추상의 불법 세계가 구체적인 장소보다 훨씬 더 큰

개념임에도 불구하고 절집의 주소를 읽고 있노라면 절이 산을 거느린 게 아니라 마치 여기 세 들어 살고 있다는 듯한 겸손함이 느껴진다. 사람의 삶이란 행운유수(行雲流水) 같은 것. 우리는 잠시 이 땅에 머물렀다 떠나는 나그네와도 같다. 한데, 저 웅장하고 정밀하게 이념화된 공간을 구축하고 있는 절집도 알고 보면 여기 이 산에 세 들어 사는 존재라고 자신을 낮추다니. 산정에 올라 절집을 내려다보면 절이 이 산에 포옥 안긴 형상이다. 불가에서 말하는 귀의(歸依)의 가장 직설적인 설명이 이 모습에 담겨 있다. 서로 안고 안기는 관계. 산과 절은 서로 둘이 아닌 하나다.

아이만 누군가에게 안기고 싶은 게 아니다. 어른이 되어서는 표현을 못할 뿐, 누군가에 안겨 위로받고 싶은 경우가 더 많아진다. 하지만, 사바세계는 본인이 스스로 힘들다고 자신의 약함을 드러내면 감싸주기는커녕 아예 배척해버린다. 하니 언제나 강한 척, 힘들지 않은 표정으로 세상에 나가야 한다. 현대인의 많은 근심이 여기서 출발한다. 말하지 못하는 것, 말을 걸어주는 이가 없는 것. 하지만, 절집 마당에 오면 날씨가 서늘해졌다며 바람이 말을 걸고 담장에 서 있는 꽃나무가 손 흔들어 반갑게 아는 체를 한다. 어서 오라, 잘 가라는 인사 없이도 늘 오면 반겨주는 곳. 산이 절을 안고 있듯, 오는 이 모두를 포용(包容)하는 넉넉한 품. 이게 내가 절을 찾는 두 번째 이유다.

저절로 절을 하게 되는 곳

절집을 자주 찾았지만 한동안 합장배례를 해본 적이 없다. 그건 신자들만의 특별한 신호 체계여서 나는 그 안에 포함되지 않는다는 생각을 했던 것 같다. 그러다 보니 절에 가도 이 부처님은 참 잘 생긴 상호구나, 이 사천왕상은 참 실감나는 포즈를 취하고 있구나, 멀뚱멀뚱 쳐다보기만 했다. 그러다 요즘은 문밖에서 잠시 합장하고 목례하고 스님과 마주치면 어설프게나마 손을 모은다.

내게 신앙이 생겼다거나 하는 것은 아니다. 다만 그동안 너무 무례했다는 자각을 하게 된 것. 바람과 구름과 돌과 나무에게도 인사를 건네면서도 정작 절 안에서는 스님을 외면했다. 그게 문득 한없이 부끄러웠다. 내가 이 절에 와서 이렇게 많은 위안을 얻고 가면서도 이 절을 말없이 지키고 있는 스님에게 무례했다는 것. 그런데도 스스로 꾸짖지 않았다는 것. 기실 나는 스스로에게도 무례했던 것이다. 부끄러움을 아는 것. 이 또한 소중한 깨달음이다.

절에 들어와 절을 하기까지 꽤 긴 시간, 나는 누군가에게 고개를 숙이지 않고 절을 하면 큰일이라도 나는 양 살아왔고 심지어 그걸 자랑스럽게 여기기까지 했다. 이랬으니 또 누가 내게 고개 숙여 반갑게 인사를 했겠는가. 내가 누군가를 밀어내면 꼭 그만큼의 거리로 나도 멀리 밀려난다는 것을 요즘에야 깨닫는다.

이게 내가 절에 고마워하는 세 번째 이유다. 절로 절하게 되기까지 반백년, 그 시간을 기다려줬다는 생각을 하면서 다시 한 번 절집에 절하게 된다.

5. 주곡리의 첫눈

해가 눈을 뜨는 시간

해가 뜨면 마을 전체가 일제히 눈을 뜬다. 늦을세라, 나 또한 방문부터 활짝 열고 방안 가득 햇살부터 받아 채운다. 전라북도 고창군 주곡리 신상길 21-5. 고방과 부엌이 따로 있고 방 세 칸인 전통 가옥의 하루는 이렇게 시작된다.

'왜 그때는 몰랐을까?'

내가 이곳 주곡리에 들어온 이래, 아침마다 스스로에게 가장 많이 던지는 질문. 이렇게 햇볕이 맑고 따뜻한 것을 왜 젊은 시절엔 몰랐을까? 팽나무와 느티나무가 저처럼 오래 늠름하게 서 있다는 것을, 가을 나무 중에 처연할 정도로 아름다운 자태를 지닌 것은 감나무라는 것을, 왜 모르고 살았던 것일까? 까치와 물까치와 산까치, 때까치가 서로 다른 얼굴이라는 걸 왜 이제야 알게 된 것일까?

어디 이뿐이겠는가! 고창 땅콩은 이제껏 먹어본 가장 맛난 땅콩, 그걸 이제야 알게 되었다는 게 여간 분하지 않다. 문수사 가을 단풍을 이제야 만나다니. 조금 더 일찍 알았더라면 내 젊은 날의 단풍 지도는 더 풍요롭게 그려졌을 것이다.

해가 질 때까지 집 마당은 온통 햇빛 차지다. 마당에 그득하게 고여 찰랑이는 햇살 아래 거의 하루 종일 이부자리와 옷가지들을 널어두고 마루 위에 앉아 앞마당과 그 너머 산언덕, 산언덕 위 구름의 행방을 궁금해 하는 것이 요즘 오후의 소일거리다.

원래 여기 들어올 때는 그동안 써왔던 장편소설 한 편을 탈고하자는 계획을 머리에 담고 왔으나, 주곡리 앞마당을 우두커니 바라보며 해바라기하는 일이 훨씬 더 좋으니 어쩌겠는가. 마음 기우는 대로 몸도 따라 움직인다. 손바닥 위에 햇빛 한 줌 올려두고 그 햇살의 무게를 가늠해보는 일이 내 마음의 무게를 재는 일보다 어찌 더 가볍겠는가. 바람 부는 날과 구름 많은 날의 하늘 풍경을 살피는 일은 책 한 권 읽는 일만큼이나 소중하다. 앞집 감나무에 잔뜩 매달려 있던 풋감이 마침내 붉게 익자 며칠간 물까치떼와 참새떼들이 번갈아 찾아와 조금씩 쪼아 먹더니 이제 서너 알만 남았다. 저 새들의 이름을 하나하나 적어서 감나무에게 일러줘야 할 텐데. 내 눈이 다 세기도 전에 새들은 날아가 버린다. 내일은 꼭 한 마리도 빼놓지 않고 죄다 이름을 적어놓아야겠다.

달빛 아래 골목길

여기 와서 보니 주곡리는 아직도 고흥 유씨 집성촌의 면모를 고스란히 간직하고 있는 곳. 내가 고향을 떠나 대처로 나온 지는 근 40여 년. 주곡리에 있다 보면 문득 오래 전의 내 고향으로 돌아간 것 같은 느낌을 받곤 한다.

이런 착시가 가장 심한 시간은 동네 초입 느티나무 위로 달이 떠오를 때. 아직 채 해거름이 시작되기도 전에 하늘엔 달이 뜬다.

해와 달이 서로 교차하며 짧게 인사를 나누는 시간. 달이 높이 올라갈수록 땅거미가 짙어지고 집집마다 불이 켜진다. 하늘엔 해와 달, 사람들의 마을엔 각각의 별이 뜬다. 밤하늘에 뜨는 별과 마을에 뜨는 별이 얼추 비슷한 방위에 자리를 잡고 마주 보며 빛나는 듯한 착각.

햇빛은 마루에 가만히 앉아 무르팍으로 느껴도 충분한데, 달은 서서 반겨야 하고 우물가라도 서성이면서 달빛을 붙들어둬야 한다. 골목길의 정취는 달빛을 받아야 제 맛이다. 보름달은 보름달대로 초승달은 초승달대로 골목길을 환히 비추다 어둑하게 비춘다. 달빛을 받으며 마실길을 나서면 월요일이나 화요일 저녁은 고즈넉하고 금요일 저녁은 어쩐지 흥겨울 때가 많다. 이게 요즘 내 생활 리듬일 게다. 토요일이나 일요일엔 골목에 잘 나가질 않는다. 대처에 나간 자녀들이 돌아오기 때문이다. 그들은 이 골목의 주인이고 나는 이 골목의 손님이다. 주중 내내 저녁이면 불빛만 반짝이던 집집마다 도시에서 돌아온 아들, 딸, 손주들의 목소리가 도란도란 새어나올 때, 나는 정겨움과 외로움을 함께 느낀다. 나는 왜 지금 여기 있는가?

시간이 흐르듯이

시간이 흐르고 물이 흐르듯이 사람의 삶도 흐른다. 나의 삶은 여기 주곡리로 흘러 스며들었다. 내 삶에 수많은 시간과 인연이 스몄듯이, 나는 올 가을 이곳에 우연찮게 스며든 나그네. 나를 이곳으로 이끈 것은 두 그루 둥구나무였을까, 마당 가득한 햇살이었을까, 오래전 함께 일했던 이들과의 인연이 나를 이곳까지 인도한 것일까?

선친은 총각 시절 3년여를 고창에서 지냈다 했다. 그때 아버지가 고창 어느 곳에서 지냈는지 나는 묻지 않았다. 그 아쉬움이 나를 이곳으로 이끌었을까? 그때 아버지도 나처럼 해가 뜨고 달이 가는 길을 하염없이 바라보며 하루를 보냈을지 모른다.

아버지를 생각하다보니 문득 진안에 처음 들어와 자리를 잡았다는 7대조 할아버지도 떠오른다. 그 어른은 어디서 출발해 내 고향에 스며든 것일까? 또 그 위의 할아버지, 할아버지의 할아버지들은 어디서 어떻게 살다가 언제 어디로 집터를 옮겼을까?

주곡리 생활 3개월째. 내게 지금 허락된 주소와 정처 없음을 생각하고, 오래오래 이어진 내 핏줄의 긴 여정을 생각하고, 그 긴 시간 동안 하루도 거르지 않고 이 땅과 이 땅에 살았던 사람들을 살펴준 해와 달을 생각한다. '지금 사람은 옛 달을 보지 못하지만, 지금 달은 예전에 옛 사람을 비추었지'라고 노래했던 옛시인의 글도 문득 떠오른다.

어쩌면 나는 언젠가 이곳 고창에 살았던 조상을 둔 후손이며, 언젠가 이곳에 살게 될 나도 모를 후손들의 먼 조상일지 모른다. 그 길고 긴 인연은 끊이지 않지만 대개 잊혀지는 게 상례.

2020년 가을과 겨울 사이. 나는 고창읍 주곡리에 살았고 이곳에서의 생활은 어떤 식으로든 내 삶에 영향을 미치게 될 것이다. 아니, 이미 변하고 있다. 나는 이 겨울 주곡리에서 첫눈을 맞을 거다. 그리고, 또 새로운 세상과 경험에 첫 눈을 뜨게 될 것이다.

앉으면 글, 서면 길

길을 찾는다는 것

자연이 인간에게 최초로 허락한 길은 지구의 생김새를 그대로 반영한 것이었다. 산길과 물길의 가장자리를 따라 흐르는 좁고 울퉁불퉁하고 꼬불꼬불 가파른 옛길들은 자연과 인간 사이에 최초로 맺어진 역학 관계를 보여준다. 이 관계를 때로는 거스르고 때로는 협상하며 인간은 길을 개척해왔다. 다리를 놓아 차안(此岸)과 피안(彼岸) 사이의 격절감을 무화시켰고, 굽은 길을 반듯하게 펴기 위해 앞을 가로막는 산 한가운데에 터널을 뚫었다. 물길의 흐름도 돌리고 운하를 굴착했는가 하면 난바다 한가운데 뱃길을 내더니 마침내 하늘길까지 열었다.

왜 사람들은 집을 나서 길을 열었을까? 한무제 때 서역로를 열었던 장건의 경우나 '실크로드' '차마고도'와 같은 교역로, 혹은 마르코 폴로의 모험담이나 콜롬버스의 항해 등에서 볼 수 있듯 인간들은 전쟁과 동맹, 무역과 교류 등 직접적이고 실용적인 목적 하에서 길을 나섰던 것으로 생각할 수 있다.

자신의 말을 들어줄 사람을 찾아 천하를 주유했던 예수, 석가,

공자의 경우나 구도를 위해 구역(九譯)의 역경을 넘나들었던 현장, 혜초, 엔닌과 같은 구법승들처럼 추상적인 가치를 찾아 길을 떠난 이들도 인류사에는 수두룩하다. 아문젠이나 피어리, 텐징 노르가이나 라인홀트 매스너와 같은 극지 탐험가들은 인간의 질서 안에 들어와 있지 않던 야생의 땅에 기어이 발길을 들이밀었다.

이러고 보면 길을 나서고 낯선 곳에서 난생 처음 만나는 사건을 겪는 일이란 게 결국은 한 인간이 자신의 삶을 던져 남들을 위해 길을 닦는 일이라고 할 수 있다. '길을 찾는다'는 말이 수단과 방법을 강구한다는 뜻 이상, '비밀의 탐구'나 '진리의 추구'와 같은 뜻으로 쓰이는 이유가 또한 이로부터 말미암는다. 나 아닌 다른 이를 위해 몸을 던져 다리가 되고 길을 닦는 일, 보이지 않는 두려움을 향해 걸음을 옮기는 일이라니!

이런 면에서, 세상의 모든 길은 인간들이 흘린 피와 눈물과 땀의 결정이 빚은 소금길이라고 할 수 있으며, 각 시대별로 당대 자신이 살고 있는 공간에 대한 자연·인문·경제·국방·정치 지리적 인식의 총합이 실제의 지표에 그려낸 거대한 지도라고 할 수 있다. 즉, 현재 우리가 이용하는 세상의 모든 길은 인간들의 호기심과 필요, 욕망이 뻗어 나와 다져진 길이다.

이 길 너머에는 무엇이 있는가? 거기 누가 사는가? 나는 그들에게 어떻게 다가가야 하는가? 이 길은 또 어느 길과 이어지는가?

'길들이다'는 말

문학이란 사람들의 삶이 그려내는 무늬를 말과 글로 붙들어두는 인간들의 행위. 사람이 남긴 모든 자취마다 문학은 깃든다. 인류 최초의 서사시로 알려져 있는 「길가메시 서사시」나 유럽 문학의 출발점으로 여겨지는 『오딧세이아』가 길 위의 문학, 길을 찾기 위한 장쾌한 모험과 도전의 기록이었던 것은 우연이 아니다. 길 찾기란 이처럼 현실적인 동시에 추상적인 인간의 행위로 자리 잡기 시작했다.

'글'과 '길'의 친연성의 출발을 가장 극명하게 보여주는 경우는 호주 원주민 애버리지니의 '송라인'에서 찾을 수 있다. 그들은 자신들이 본 산과 호수, 나무와 바위에 대한 기억을 길고 긴 노래로 엮어 흥얼거리고 또 그걸 후손들에게 암송하게 했다. 이 노래를 배우는 어린이들은 아직 가보지 못한 곳의 풍경에 대한 상상을, 자신의 입이 부르는 노래를 자신의 귀로 들으며 머릿속으로 선조들의 발자취를 따라가는 것으로 보다 구체적으로 키워나갔을 것이다.

부른다, 노래를 부른다, 길을 부른다, 풍경을 부른다, 기억을 부른다. 그 노래 가락만큼이나 길고 긴 가락 속에는 아직 당도하지 않은 미래도 담겨 있으리라!

이처럼 그들의 노래 가락 안에는 공간이 담겨 있고, 풍경에 관한 이야기가 담겨 있으며, 그 길을 먼저 걸었을 선조들의 여정이 또한 담겨 있다. 그리고, 그 풍경을 받아들이고 이해한 선인들의 감성을 이해하면서 자신들의 공간감과 공간에 대한 친연성을 자신들 마음 깊은 곳에 받아들였다.

내가 어디 살고 있는가를 안다는 것은 곧 내가 누구인가를 자각하는 과정이라고 할 수 있다. 노래로 길게 이어진 길을 자신의 마음에 들이면서, 끊이지 않고 이어진 그 길을 걸어온 선조들과 나 사이의 연계선을 찾는 것. '송라인'은 노래로 엮여진 풍경에 관한 기억이기도 하며, 그 기억이 전승되어온 길에 관한 노래이기도 하다. 애버리지니의 '송라인'은 구술문학의 전통이 갖는 아름다움과 유장함, 그 전승 과정에 존재하는 인간의 상상력에 대해 숙고하게 만든다. 왜 선조들은 이 바위를 곰과 같다고 노래했을까, 왜 저 강을 은빛 강이라고 했을까, 라고 물으며 후손들의 상상력은 무한 증폭된다. 우리가 '글'이라고 하는 문학적 상상력의 출발은 이와 같이 길 위에서 또는 길을 상상하며 시작된 인간의 지적 행위였을 것이다.

동양 최초의 문학이론서라고 할 유협의 『문심조룡(文心雕龍)』에도 이와 흡사한 최초의 문명화된 인식이 드러난다.

하늘에도 무늬가 있고, 땅에도 꿈틀거리는 자취가 서려 있는데 어찌 인간의 마음에 무늬가 없겠는가!

마음이 그려낸 무늬를 구체적으로 외화(外化)하는 게 글이라면, 마음에 파문을 일으키는 최초의 자극은 어디서 어떻게 발생하는가? '길들이다'라는 우리말은 묘한 말이다. '길들이다'는 내가 무엇인가를 복종케 하고 나를 이해하게끔 하는 것일 수도 있지만, 그 반대로 내가 나를 둘러싼 환경을 이해하고 환경과 나와의 관계에 대한 자기 수긍을 표현하는 말일 수도 있다. 내 마음 안에 이제껏 존재하는 세상의 모든 길을 들여놓는 것, 너에게 가는 길, 세상을 이해하는 길을 들이는 것. 한 사람의 마음에, 생애 깊은 곳에 길을 들여 놓으려면 당연히 길을 만나야 한다. 즉, 길에 나서야 한다. 길에 나선다는 것은 길을 향해 나가는 것, 길속으로 들어가는 것. 길은 목적이며 동시에 과정이라는 양면성을 지닌다.

이 복잡한 길과 길 위의 풍경들이 길에 나선 인간의 마음속에 들어와 파동을 일으키고 그 파동이 아로새겨진 인간의 마음이 결국 글을 쓴다.

내 마음속으로 들어온 길

글이란 결국 길 위에 선 인간이 보고 듣고 느낀 것을 책상 앞에 앉아 찬찬히 자신의 마음결을 살펴 더듬더듬 그려내는 것이라고 할 수 있다. 선후나 공간적 차이 등은 있을 수 있지만 이런 면에서 '길'과 '글'은 불가분의 관계를 지닌다. 글이란 결국 문자로 그려내는 또 다른 세계 인식의 지도. 길은 곧 글이 되고, 그렇게 그려진 몇 편의 글은 오래 사랑을 받으며 후학들의 '길'이 되어 계속해 뻗어나간다.

길을 걷는 것은 무엇보다 몸, 발바닥부터 손끝까지 온몸의 움직임을 길의 흐름에 일치시키는 일. 이렇게 온 몸으로 길을 밀고 나가며 세계 인식의 밑그림을 획득한다. 이 경지를 나는 술이부작(述而不作)의 단계라고 말하고 싶다.

길에서 돌아와 서탁에 앉아 글을 쓰는 일은 백지 위에 길을 그렸다 지우며 자신이 걸어온 길과 그때 가지 못한 길을 찾아내는 일. 원고지에 쓰든 자판을 두들기든 혹은 머릿속에 그리든 쓰기(writing)의 과정이며 연상(imaging)과 심리적 투사(projection)의 시간이라고 할 수 있다.

이러한 과정을 거쳐 차츰차츰 길 위에서 주운 말, 숲을 헤치며 체득하게 된 경난(經難)의 깨달음을 통해 자기 나름의 정명(正名),

맥락(脈絡)을 취득하게 된다. 말하자면, 스스로 문리(文理)를 열어 나가는 것이다. 문리란 곧 울창한 언어의 숲에 자신만의 작은 오솔 길을 내는 일. 작가는 그 스스로 길잡이가 되어 숲을 헤치고 나가 야만 길을 낼 수 있다. 초입에 들어서는 일부터 종점에 도착하기까 지, 그 험난한 여정의 순간들이 모여 마침내 길이 되는 것과 발단 에서 결말에 이르는 스토리텔링의 과정은 놀라울 만큼 흡사하다.

이런 면에서 작가란 곧 여행자다. '앉으면 글, 서면 길'로 살아가 는 방랑자! 길 위에서 글을 구상하고 글을 쓰면서 걸어온 길을 바 탕으로 새로운 길을 찾는 이들이 글쟁인 터. 글쟁이는 곧 길라잡이 기도 하다. 좋은 글은 작가의 긴 여행, 그의 몸과 마음이 걸어온 길 을 통해 그려진다.

오늘 우리는 어느 길 위에 서 있는가, 어떤 글을 그려내고 있는 가? 작가의 행로를 따라 함께 걷다 보면 우리는 어느 곳엔가 당도 하게 마련이다. 그것은 풍경일 수도 있고 사람의 마음일 수도 있으 며 사람들이 사는 마을일 수도 있다. 그렇게 글을 따라 길은 우리 마음 안으로 흘러 들어온다.

길이 드는 것, 길이 나는 것이다.

길에 관한 인문학 에세이

풍경 밖을 서성이다

1판 1쇄 펴낸 날 2021년 10월 22일
1판 2쇄 펴낸 날 2022년 5월 27일

지은이 김병용
펴낸이 김완준

펴낸곳 모악

출판등록 2016년 1월 21일 제2016-000004호
주소 경북 예천군 호명면 강변로 258-52, 201호 (우)36847
전화 054-855-8601
이메일 moakbooks@daum.net

ISBN 979-11-88071-37-1 03810

* 이 책의 내용을 재사용하려면 모악의 서면 동의를 받아야 합니다.
* 이 도서는 한국출판문화산업진흥원의 '2021년 출판콘텐츠 창작 지원 사업'의 일환으로
  국민체육진흥기금을 지원받아 제작되었습니다.

값 12,000원